ANUNNAKI

Narrativa

239

© 2024 – Gilgamesh Edizioni
Via Giosuè Carducci, 37 – 46041 Asola (MN)
gilgameshedizioni@gmail.com – www.gilgameshedizioni.com
Tel. 0376/1586414

ISBN 978-88-6867-719-0

In copertina: Progetto grafico di Dario Bellini.

Elena Bertocchi

IL DOLCE PROFUMO DELLA PIOGGIA

A mia nonna, Gemma.

1

Avevo diciannove anni quando, in una maledetta mattina di agosto, persi i miei genitori in un tragico incidente d'auto: un camion invase, tutto d'un tratto, la corsia dove loro viaggiavano e li centrò in pieno. Morirono sul colpo.

L'autista del tir risultò negativo sia al test dell'alcool sia a quello delle sostanze stupefacenti... La causa fu *semplicemente* un colpo di sonno: dopo ore e ore di guida senza sosta, aveva avvertito improvvisamente un senso di stanchezza e si era addormentato. Venne accertato che il suo datore di lavoro aveva previsto, nel periodo di consegna, un tempo sufficiente per consentirgli di fare almeno due soste, ma l'autista aveva preferito non fermarsi, per arrivare così a destinazione in anticipo e tornare prima a casa dalla moglie e dal figlio nato da pochi mesi.

Da un giorno all'altro, mi ritrovai completamente sola, non avendo altri familiari o parenti; sola con il mio immenso dolore. Potevo scegliere se chiudermi nella mia sofferenza e trascinarmi ogni giorno nel ricordo oppure reagire e cercare di continuare a vivere (per me stessa e anche per coloro che non c'erano più). Decisi per la seconda opzione, sapendo che era quella che mia madre e mio padre avrebbero voluto che io intraprendessi.

Non avendo avuto la possibilità di terminare i miei studi superiori, cercai e trovai lavoro come cameriera, prima, e in un negozio di fiori, poi.

Katia, la proprietaria di quest'ultimo, era poco più grande di me. Aveva avviato la propria attività dopo aver conseguito il diploma in agraria e trascorso qualche anno in una grande azienda florovivaistica.

Era una ragazza molto determinata e indipendente che non si lasciava abbattere dalle prime difficoltà o dai problemi che le si ponevano di fronte. E sapeva farsi valere con i fornitori che, inizialmente, cercavano di approfittare della sua giovane età e inesperienza consegnandole quantità minori di merce rispetto a quelle registrate in bolla o di qualità non proprio eccellente: si rifiutava di scaricare i fiori, rispedendoli al mittente e, immediatamente, contattava i fornitori minacciando di rivolgersi a qualcun altro se fosse capitato ancora che non fossero conformi a quanto richiesto. Puntualmente, il giorno successivo arrivava il carico preciso e perfetto.

Con i clienti era molto paziente e aveva il dono di capirli al volo, che le consentiva di accontentarli al meglio; conosceva a memoria anche il significato di ogni singolo fiore e dei colori e questo le permetteva di aiutare chi si rivolgeva al suo negozio per fare un regalo unico, pensato appositamente per il destinatario.

Quando entrai da lei in cerca di lavoro, sembrava perplessa, perché non avevo alcuna conoscenza del campo, ma la convinsi a lasciarmi provare ugualmente e, in poco tempo, con volontà, impegno e determinazione, riuscii ad acquisire le competenze necessarie per svolgere al meglio il mio lavoro in maniera autonoma. Capitava spesso che prendessi appunti quando Katia mi spiegava le cure essenziali di cui necessitavano i fiori e le piante e, poi, una volta arrivata a casa, li studiavo.

A poco a poco, imparai anche a conoscere le persone che abitualmente si rivolgevano a noi; con alcune di loro si creò un rapporto di affetto e amicizia e, a volte, passavano in negozio anche solo per un semplice saluto.

Katia, ben presto, ebbe piena fiducia in me, tanto da darmi le seconde chiavi per aprire in caso di un suo ritardo e da lasciarmi sola mentre lei andava a effettuare le consegne a domicilio (solitamente, prima della mia assunzione, appendeva un biglietto con scritto «torno subito»).

Proprio in uno di quei momenti, mentre ero sola nel vivaio e intenta a sistemare i vasi nella serra che era collegata al negozio da una porta sempre aperta alle spalle del bancone, sentii chiamare: «Ragazzo! Ragazzo!».

Inizialmente credevo che il cliente appena entrato da noi si stesse rivolgendo a qualcuno in strada, invece, quando mi voltai, vidi che si stava riferendo a me.

Raggiunsi il bancone.

«Ah, ma sei una ragazza!» esclamò.

«Buongiorno, come posso aiutarla?» chiesi in modo da non far trasparire la mia irritazione nell'essere stata scambiata per un maschio.

«Ma davvero, sai, vestita in quel modo mi eri parsa un ragazzo!» A quanto pareva, lui intendeva insistere sull'argomento che io volevo tralasciare...

Indossavo i miei soliti jeans e una t-shirt di un paio di taglie più grande: abbigliamento comodo, insomma. Tolsi il cappellino che avevo in testa e una cascata di lunghi capelli neri ricadde sulle mie spalle.

«Va meglio così? Le sembro più femminile ora?» dissi seccata. «Ho del lavoro da finire, per cui se può dirmi come posso esserle utile...»

«Sì, così va decisamente meglio, ma gli abiti sono ancora quelli...» constatò.

«Non ne ho altri al momento e, se anche li avessi, non li indosserei certo per far contento lei!»

Stava esagerando!

«Non volevo offenderti.»

«Non si preoccupi, non l'ha fatto. Come posso aiutarla?» ripetei.

«C'è Katia? Sai, ho bisogno di un consiglio *da donna*...»

Lo guardai stupita.

«Insomma, da donna *femminile,* che sa quale tipo di fiore è più gradito, quando si tratta di un regalo da parte di un uomo...»

Sorvolai sull'insinuazione che io non avessi, secondo lui, esperienza nel ricevere un omaggio floreale (il che, in effetti, era vero, perché non avevo mai avuto un ragazzo, ma di certo non intendevo rivelarglielo) e optai per chiudere la conversazione in fretta e tornare al lavoro.

«Katia è via per delle consegne, rientrerà tra una mezz'ora circa. Se vuole ripassare più tardi, la troverà sicuramente! Ora, mi scusi, ma ho da fare. Buona giornata!»

L'uomo mi guardò con un'aria tra il divertito e il soddisfatto.

«Ripasserò stasera.»

«Perfetto. Arrivederci!»

Tornai ai miei vasi senza degnarlo di un ulteriore sguardo. Sentii il campanellino all'entrata suonare: finalmente se n'era andato.

Tornò comunque, come annunciato, verso le sei e mezza, ma, fortunatamente, stavo servendo un'anziana signora che voleva dei gigli da regalare alla figlia per il compleanno e così lasciai quell'insopportabile cliente solo ai consigli di Katia.

Quando se ne fu andato, la mia datrice di lavoro mi si avvicinò.

«Elena, quanto tempo si è fermato oggi il signor Moretti?»

«Chi?»

«Il signor Moretti, l'uomo che è appena uscito. Mi ha detto che era già passato nel primo pomeriggio...»

«Ah, *quell*'uomo... Troppo!» risposi seccata.

«In che senso *troppo*?»

«Troppo per i miei gusti! È alquanto maleducato e invadente!»

Katia mi guardò stupita.

«Non preoccuparti,» la rassicurai «a lui non ho detto cosa penso, per ora... Ho cercato di comportarmi come con un qualunque cliente, nonostante fossi tentata di rispondergli per le rime!»

«Ma scusa, Elena, sicura fosse l'uomo che è appena uscito?»

«Sicurissima! Quando incontro una persona insopportabile,

difficilmente la dimentico… Ma perché me lo chiedi?»

«Perché lui, invece, mi ha parlato molto bene di te. Credo che tu sia la prima che gli vada a genio! Non che io abbia avuto molte dipendenti prima di te, giusto un paio, ma ha sempre criticato il loro atteggiamento civettuolo e la scarsa voglia di lavorare in mia assenza… Di te mi ha riferito l'esatto contrario. Non dirgli che te l'ho detto, però, resti tra noi.»

Ora ero io quella sorpresa; anche se, sinceramente, quella rivelazione non me lo rendeva comunque più simpatico.

Un paio di giorni dopo, il signor Moretti passò di nuovo in negozio, ancora mentre Katia era fuori per consegne… sembrava lo facesse di proposito!

«Eccola qua, la nostra *miss eleganza*!» esordì.

Lo guardai. Come poteva quell'uomo tanto antipatico e villano aver detto quelle cose sul mio conto a Katia? Sicuramente stava scherzando e lei gli aveva creduto.

«Sei stranamente silenziosa…» osservò.

«Buongiorno. Katia non c'è. Solitamente, a quest'ora è fuori a portare piante e fiori a domicilio. Se vuole vederla, deve passare o la mattina o verso il tardo pomeriggio.»

«Sono passato solo per un saluto.»

«Ah, ok, allora glielo riferirò appena torna. Grazie e arrivederci!»

Così dicendo, tornai a controllare le bolle che avevo tra le mani.

«Non ho detto che sono passato a salutare lei…»

Alzai lo sguardo. Lui, con un sorriso divertito, si stava voltando per andarsene.

«Buona giornata, *maschiaccio*» concluse.

Avrei voluto chiarire, una volta per tutte, che la sua confidenza mi infastidiva (cosa che non era mai accaduta con il resto della clientela; anzi, di solito, tendevo a instaurare un rapporto familiare), ma decisi di lasciar perdere: tanto non l'avrei rivisto molto presto… o almeno così speravo. Quanto mi sbagliavo!

Il giorno dopo ricomparve e anche quello successivo… sempre quando sapeva che ero sola e ogni volta facendo battute ironiche sul mio modo di vestire.

Esasperata e raggiunto il limite della sopportazione, esclamai: «Senta, non so chi le dia il diritto di giudicare come mi vesto, come mi pettino, se mi trucco, ma posso assicurarle che non sono assolutamente cose che la riguardano! Devo piacere a me e non a lei o ad altri, ok? Visto che non le piaccio per niente, perché passa ogni giorno a tormentarmi?».

«E chi dice che non mi piaci?»

«È palese!»

«Davvero? Non pensavo di darti questa impressione.»

«Non lo pensava ma, mi creda, la dà eccome! Per cui, d'ora in avanti, per favore, eviti di passare solo per deridermi, ok?»

«Deriderti? Sei fuori strada veramente…»

Non capivo quell'uomo né i suoi discorsi e questo mi metteva a disagio.

«Devo lavorare, perciò, per piacere, se non posso aiutarla in nulla, mi lasci sola.»

Senza aggiungere altro, se ne andò.

Sapevo che avrei potuto essere licenziata per aver risposto così male a un cliente affezionato del negozio, ma non riuscivo a sopportare di venire continuamente presa in giro. Era abituato a frequentare donne più femminili e sofisticate? Nessuno lo obbligava a passare ogni pomeriggio in negozio!

Una sera, uscii verso le sei e mezza dal negozio perché dovevo passare dal medico per ritirare delle ricette per Katia: lei aspettava un rappresentante e non poteva andarci e le servivano urgentemente, così chiese a me.

Fuori dallo studio medico, stavo aprendo il lucchetto della bici, quando alle mie spalle sentii una voce (*ahimè*) conosciuta. «Hai mai pensato di cambiare look?» disse con tono ironico. «Non saresti niente male con una gonna e camicetta… »

«Cambierò look, quando lei imparerà l'educazione... cioè mai!» risposi indispettita.
Salii in sella e mi avviai veloce verso il vivaio.

2

La domenica mattina, Laura, una mia amica dai tempi delle medie, mi telefonò per ricordarmi il nostro consueto aperitivo della sera in un bar del centro del paese, per due chiacchiere e per sfogarsi sul suo lavoro. L'ennesimo! Laura non sapeva mantenere un posto per lungo tempo a causa dei ripetuti ritardi, per le incomprensioni col capo o con l'incompatibilità (a suo dire) con i colleghi…

Per l'occasione, decisi di indossare un abito corto e leggero. Salita in bicicletta, però, con il delicato vento contro, mi resi subito conto che la scelta del vestito non era stata propriamente azzeccata: la gonna tendeva a sollevarsi e, oltre a dover fare lo slalom per evitare le buche, ero anche obbligata a tenerla abbassata con una mano. Arrivai al semaforo. Era rosso. Mi fermai. Un'auto accostò accanto a me in attesa del verde.

«Però!» attaccò una voce nota. «Niente male quell'abitino! Quest'arietta, poi, lo rende ancora più carino!»

«Non ha proprio di meglio da fare che infastidire le persone con i suoi consigli di moda, tra l'altro non richiesti?»

«Sai che l'aria scontrosa ti dona?» Rise e, scattato il verde, ripartì.

Arrivai in centro. Legai la bici fuori dal bar Portici, dove presumevo Laura mi aspettasse già, dato che avevo notato la sua macchina parcheggiata più avanti.

In verità, mi accorsi anche di un'altra auto, vista «di recente», posteggiata vicino, ma, considerato che i bar che animavano la piazza erano tre e visto che la vettura era accanto a un locale che non era quello dove avevo appuntamento, sperai di non dover trascorrere la serata anche in *sua* presenza… *Ahimè*, la mia speranza fu vana!

Ma andiamo con ordine. Posteggiai la bici, appunto, ed entrai nel bar. Subito venni accolta dall'aria familiare e calorosa che si respirava in quel delizioso locale. Adoravo trascorrere lì le mie serate con Laura. Mi sentivo a casa, in famiglia, benvenuta.

Alessandra, la barista, nonché proprietaria, accoglieva sempre col sorriso e i modi gentili. Era veramente una bellissima ragazza, coi capelli corvini corti, gli occhi scuri e la carnagione sempre abbronzata.

Notai la mia amica che, dal tavolino accanto alla finestra, mi salutava con la mano. La raggiunsi e mi sedetti su una delle panche di legno.

«Sei bellissima stasera con quell'abito, Elena» mi disse subito.

Stavo per ringraziarla per il complimento, quando alle mie spalle udii: «Concordo pienamente! Gliel'ho detto pure io poco fa!».

La mia amica guardò l'uomo alle mie spalle e poi, con aria interrogativa, me.

Lui anticipò la sua domanda e soddisfò la sua curiosità.

«Sono un amico recente. Forse per questo non le ha ancora accennato di me. Ci siamo conosciuti sul suo posto di lavoro…» Ammiccò, poi si rivolse direttamente a me. «Ti ho vista entrare e ho pensato di venire a fare un saluto. Ora ti lascio, c'è una persona che mi aspetta. Buona serata a entrambe.»

Laura e io lo guardammo raggiungere una donna a un tavolo. Non la vidi in volto, perché era seduta di spalle. Notai solo dei capelli biondi tagliati a caschetto e una scollatura vertiginosa del vestito sulla schiena. Lui le si sedette di fronte e, nel frattempo, mi sorrideva divertito.

Se lui si divertiva, io, invece, provavo irritazione ogni qualvolta lo incontravo. Avrebbe dovuto essere una serata rilassante, ma era iniziata nel peggiore dei modi!

«Che uomo bellissimo! Dai, raccontami tutto!» disse curiosa Laura.

«Non c'è assolutamente nulla da raccontare. Come ha detto lui, siamo semplici conoscenti, un cliente del negozio, stop» risposi distaccata e alquanto arrabbiata.

«Ma lui si è definito *amico*, non *conoscente*…» osservò lei.

«Ha esagerato» replicai secca «e, ora, ti dispiace se cambiamo argomento? Non ho voglia di parlare ulteriormente di una persona che conosco appena, con la quale ho scambiato, sì e no, una decina di parole.»

Laura mi guardò, poi tornò un istante con gli occhi su di lui. «Non mi pare ti sia molto simpatico…»

«Esatto! Ti pare giusto!»

«Però, Elena, devi ammettere che è proprio un gran bell'uomo!» Alzai gli occhi al cielo. «Ok, ok! Cambio argomento.»

«Ecco, brava.»

Mi raccontò della lunga giornata al lavoro, di quanto le pesasse la sua occupazione, delle clienti che chiamavano al telefono anche solo per fare due chiacchiere, senza motivi legati al suo impiego.

«È bello che si instauri un rapporto di amicizia tra te e la clientela… Insomma, che ti chiamino per scambiare due parole…»

«Scherzi? Una noia! Pensa che un'anziana vedova che vive a Verona, e che possiede una casa qui sul lago e una in montagna, mi ha chiamata ieri solo per dirmi che aveva telefonato il giorno prima, quando io non c'ero, e che, uno di questi giorni, intende passare in azienda per conoscermi personalmente!»

«E non è bello?»

«In verità, quando ha chiamato ieri ero in ufficio, ma, avendo riconosciuto il numero, ho chiesto a una mia collega di rispondere e di dirle che non c'ero.»

«Perché, scusa?»

«Ho venticinque anni, Elena! Cosa mi interessa di parlare con un'anziana che magari mi rattrista con i suoi ricordi! Io ho bisogno di gente vivace!»

«Come me?» chiesi ironica, visto che la mia vita non era quella che si suol definire «vivace», ma piuttosto ordinaria e serena, costituita da lavoro, pedalate e camminate in solitaria nei momenti liberi.

«Cosa c'entra? Tu sei l'eccezione! E poi hai la mia stessa età, ci conosciamo da una vita… Spero che il mio nuovo lavoro come commessa sia meno noioso! Altrimenti, mi sa che finirò a lavorare con mio fratello e mia mamma in gelateria!»

«E cosa c'è che non va nel loro lavoro?» domandai.

«Si lavora anche il sabato e la domenica! Ecco cosa non va!»

Per un attimo, spostò ancora lo sguardo verso il tavolino dove quel simpaticone trascorreva la serata con la bionda.

«Sai che, però, fossi in te, un pensiero ce lo farei? Non ti ha quasi mai staccato gli occhi di dosso!»

Mi voltai. Effettivamente mi stava fissando. Mi sorrise e si mise a guardare la donna che aveva davanti. Per un istante, provai la curiosità di vederla in viso, di capire quale fosse il tipo di donna che gli interessava; poi, però, scossi la testa per scacciare quei ridicoli pensieri.

Guardai fuori dalla finestra… Solo allora notai dei grossi nuvoloni neri che si avvicinavano promettendo un acquazzone.

«Forse è meglio che io vada» dissi alla mia amica, accennando col capo il cielo. «Sono in bici e, se non mi sbrigo, temo non riuscirò ad arrivare a casa in tempo per evitare una bella lavata! Quattro chilometri sono tanti: spero di essere più veloce di quelle nuvole!»

«Già, meglio se vai subito! Corri, Elena! Penso io a pagare.»

La ringraziai, ci alzammo, mi abbracciò (come sempre prima di lasciarci), poi uscii, recuperai la bici e mi avviai il più in fretta possibile verso casa. Nel frattempo, si era alzato un forte vento e, nonostante cercassi di affrettarmi, iniziò a piovere; prima qualche sporadico gocciolone, poi una pioggia copiosa. Tutto d'un tratto, notai la ruota anteriore della bici che si sgonfiava a vista d'occhio.

«No, non può essere vero! Non ora!»

Avevo bucato! Evidentemente un chiodo caduto sulla pista ciclabile dal cantiere che avevo appena oltrepassato si era conficcato nel mio copertone. Ero nel tratto più buio della strada, quello che collegava il mio paese alla frazione dove vivevo.

I fari di un'auto che rallentava alle mie spalle mi illuminarono, poi la macchina si fermò.

«Serve una mano?»

Avrei riconosciuto quella voce tra mille!

«No, grazie.»

«A me sembra di sì.»

«Be', si sbaglia!» dissi scendendo dalla sella e iniziando a spingere la bicicletta.

Sentii aprirsi e chiudersi la portiera.

«Non mi pare il caso di fare la bambina…»

«*La bambina*? Come si permette?» proruppi.

Lui alzò le mani al cielo in segno di resa. «Tregua?» propose.

Mi fermai e lo guardai. Era lì, davanti a me, bagnato fradicio.

«È ovvio che sei in difficoltà e questo non è un tratto di strada molto trafficato. Se si fermasse un malintenzionato… Coraggio, mettiamo la tua bici sulla mia auto e ti porto a casa.»

Sembrava seriamente preoccupato.

«D'accordo» conclusi rassegnata.

«Bene, ora sali. Io abbasso i sedili posteriori, apro il baule e carico la bici.»

«Ecco fatto!» mi disse, raggiungendomi in macchina. «Tutto bene?»

Annuii.

Mi guardò da cima a fondo. «Sai che, se prima quest'abitino ti stava bene, ora che è bagnato ti sta ancora meglio?» Sorrise.

Mi guardai. Zuppo com'era, pareva non l'avessi neanche addosso! Era trasparente! Avvampai di vergogna e rabbia insieme. Cercai di coprirmi con una mano, mentre con l'altra aprii la portiera per scendere… Mi posò la mano sul braccio e, delicatamente, mi trattenne.

«Non dicevo sul serio! Non vorrai farti vedere in strada così? Non tutti gli uomini scherzano.» Poi allungò un braccio dietro al suo sedile e prese una giacca. «Tieni. Ti coprirà e ti scalderà un po'.»

Richiusi la portiera. Presi la giacca, la indossai e me la tenni stretta attorno al corpo con le braccia. Ne avvertii subito il calore.

Mi sorrise.

«E lei?» chiesi. «Non ha freddo?»

«Non preoccuparti. Dimmi solo dove devo accompagnarti.»

Mi sorrise ancora, ma, stavolta, c'era dolcezza in quel sorriso. Mise in moto l'auto e seguì le mie indicazioni per raggiungere la mia casa.

Ci fermammo davanti a una vetrina.

Mi guardò stupito. «Vivi qui? Ma è un negozio!»

«Ex negozio, per l'esattezza. Katia, prima di trasferire l'attività in paese, era qui. Quando mi ha assunta, non avevo una casa vicina e lei mi mise gentilmente a disposizione il suo vecchio negozio.»

«Capisco.» Sembrava, tutto d'un tratto, triste e pensieroso. Mi meravigliai nel vedere questo suo lato sensibile.

«Posso offrirle qualcosa di caldo? Un caffè? Una cioccolata? Un tè?» domandai.

«Volentieri. Recupero la bici e ci sono.»

Spontaneamente, gli sorrisi. Lui mi guardò e fece altrettanto. Lo aiutai a prendere la bici dal baule e, mentre aprivo la porta, lui la reggeva alle mie spalle. Per un istante, sentirlo vicino, avvertire il suo respiro, mi donarono una sensazione insolita, ma piacevole.

Entrammo, accesi la luce e, dopo aver richiuso la porta, tirai gli spessi tendaggi che impedivano di vedere l'interno della casa dall'esterno.

«E così vivi qui… È accogliente» constatò guardandosi attorno.

«Esatto» risposi. «Senta, vado un secondo a cambiarmi poi le preparo qualcosa di caldo. Faccio in fretta, lei si accomodi intanto.»

Raggiunsi la camera da letto, ma, prima di indossare qualcosa di asciutto, recuperai una coperta e tornai da lui.

«Avrà freddo con quei vestiti bagnati addosso. Tolga pure la camicia e la maglietta e le appoggi sul termo-arredo di là in bagno: è caldo, perciò si asciugheranno in pochi minuti.»

Mi sorrise malizioso. «Ho anche i pantaloni bagnati… tolgo pure quelli?»

Alzai gli occhi al cielo: possibile avesse sempre voglia di prendermi in giro? Però, effettivamente, anche quelli erano zuppi.

«Aspetti. Le prendo un plaid da mettersi addosso.»

Corsi nuovamente in camera, tornai con una coperta in lana e gliela porsi.

«Grazie» sussurrò.

Era così vicino… e quella vicinanza, non so perché, mi turbava; mi creava disagio e mi faceva sentire strana. Era una sensazione nuova. Con nessuno mi ero mai sentita così.

«È meglio che vada di là a cambiarmi… Anche lei dovrebbe togliere quegli abiti al più presto prima di prendersi un raffreddore!»

Una volta in camera, mi richiusi la porta alle spalle e mi ci appoggiai un momento per permettere al mio cuore di calmarsi e riprendere il normale ritmo.

Dopo poco, sentii bussare.

«Tutto bene? Posso preparare io la cioccolata intanto, se non ti sembro villano…»

«No, no, ci mancherebbe. Arrivo subito. Lei si sieda pure. La raggiungo!»

Tolsi in fretta l'abito e l'intimo bagnati e li gettai sulla sedia, poi aprii l'armadio in cerca di qualcosa da mettermi... Alla fine optai per i soliti jeans e una morbida felpa di due taglie più grande... Se mi fossi vestita meglio avrei potuto creare malintesi o risultare ridicola. In fondo, era stato gentile, ma era pur sempre quell'uomo che mi stava antipatico... O, forse, non era poi così insopportabile? "Ah! Ma cosa mi sta succedendo?" Tornai in salotto, che poi era anche la cucina: in un angolo c'era quest'ultima e, in quello opposto, un divano, una poltrona, un tavolino, una libreria e un mobiletto con la TV.

«Scusi se l'ho fatta aspettare. Allora, cioccolata?»

«Cioccolata, grazie.» Si alzò e mi venne accanto mentre preparavo le tazze.

«Può prendermi, per favore, il latte dal frigo?» domandai.

«Certo.»

Mi porse il latte.

«Vedo che hai indossato un abito sexy... Sapevo che avresti tentato di sedurmi!» disse divertito.

Stavo per ribattere, quando l'occhio mi cadde sul plaid con gli orsetti e cuori stretto alla sua vita e su quello con le pecorelle posato sulle sue spalle. Scoppiai a ridere. «Be', anche lei è alquanto sexy così!»

Si guardò, dimentico di ciò che indossava... Arrossì.

«Ah, e così non sarei sexy? Sai quante donne vorrebbero tornare a casa e trovarsi un uomo con questi cosi addosso ad aspettarle?» sdrammatizzò.

«Immagino, sì. Tutte...»

Scoppiammo a ridere entrambi di cuore. In fondo, non era poi così male come credevo.

«Coraggio» dissi versando la dolce bevanda nelle tazze. «Sediamoci e gustiamoci questa delizia! Vuole accomodarsi sul divano o va bene qui in cucina?»

«Va benissimo qui.»

Ci sedemmo al tavolino e, tenendo stretta tra le dita la tazza fumante per riscaldarci le mani, restammo qualche minuto a fissarci negli occhi.

Abbassai lo sguardo.

«Credo di doverle delle scuse» iniziai.

Lui mi guardò con occhi interrogativi da sopra la tazza da cui stava bevendo, poi abbassandola e leccandosi le labbra per assaporare la cioccolata rimasta, chiese: «Di cosa dovresti chiedermi scusa?».

«L'avevo giudicata male.»

«Ah sì? Non me n'ero accorto...» disse ironico. «Ho sempre creduto che tu avessi un debole per me...»

«Sa che comincio a ricredermi nuovamente e a pensare di non aver sbagliato?»

Rise.

«Ammetto che non sono sempre stato un gentiluomo, anzi sono stato un po' uno zoticone nei tuoi confronti, ma è solo che mi sento a mio agio con te, sento di poter essere me stesso e mi piace stuzzicarti... Con le altre donne non c'è gusto: se stasera avessi detto loro che indossavano un abito sexy, invece di mandarmi a quel paese e presentarsi poi in jeans e felpa, una volta accompagnate a casa, si sarebbero presentate in perizoma, se non direttamente nude... Cercano di essere attraenti e seducenti con me, ma la sensualità e la femminilità non stanno sempre e solo in una minigonna o nei tacchi a spillo, possono essere racchiuse anche nella semplicità...»

Lo guardavo e mi resi improvvisamente conto di quanto Laura avesse ragione: era bellissimo!

Mi stupii delle sue parole. Quell'uomo poteva avere tutte le donne che voleva, e, invece, mi stava dicendo che si trovava bene in presenza di una come me! Incredibile!

Restammo in silenzio, semplicemente godendo della vicinanza l'uno dell'altra. Guardandoci negli occhi. L'intensità del suo sguardo pareva leggermi nel profondo e io temevo vedesse ciò che stavo provando, così tornai nuovamente a fissare la mia tazza.

«Comunque, farò finta di non aver notato che, sotto a quella felpa, hai dimenticato di mettere il reggiseno...» Scoppiò in una risata di pura allegria.

«Ma come? Ehi! Ma è un chiodo fisso il suo!»

«Fisso su di te.»

Rimasi a bocca aperta a quell'affermazione.

«Dammi del tu, per favore» continuò.

«Come?»

«Ho notato che mi dai sempre del lei, ma vorrei mi dessi del tu: il "lei" crea lontananza tra due persone e io non voglio che tra noi ci sia alcuna distanza...»

Tutto d'un tratto, mi ricordai della donna bionda del bar e di come tutta questa situazione fosse sbagliata nei suoi confronti.

«Non credo che la sua donna ne sarebbe felice.»

«*La mia donna*? Io non ho una donna.»

«E la signora che era con lei stasera?»

«Ah, *quella*... È una cliente del mio studio. Mi ha chiesto se poteva parlarmi di persona, ma, visto che non poteva venire in ufficio nell'orario e nei giorni in cui lo studio è aperto, per andarle incontro, abbiamo stabilito di incontrarci davanti a un caffè... Può sembrare una scusa, lo so, perché è domenica, ma cosa non si fa per non perdere i clienti...»

«Capisco» dissi con tono poco convinto. In effetti, parevano alquanto insoliti il giorno e l'orario, per un incontro d'affari.

«Sembri perplessa... Qualcosa non ti quadra?»

«Assolutamente...» ribattei. «E poi non deve riguardarmi.»

Sospirò, alzandosi dalla sedia. «È meglio che vada ora.»

«Ok, controllo se i vestiti sono asciutti.»

«Faccio io, grazie» si offrì.

Accese la luce del bagno, ma, nell'istante in cui premette il pulsante, la lampadina si bruciò.

«Abbiamo un problema…» Rise. «Come faccio a vestirmi al buio?»

«Puoi rivestirti in salotto. Intanto io vado di là.»

«Di là dove? In cucina?» scherzò, visto che erano la medesima stanza.

«In camera» precisai sbuffando. Poi aggiunsi: «Bussa quando sei vestito…».

«Strano…»

«Che cosa?»

«Conosco donne che pagherebbero perché bussassi alla loro porta svestito…»

Scossi il capo rassegnata e raggiunsi la mia stanza.

Non passò molto tempo che sentii battere alla porta.

Aprii e me lo trovai di fronte, vestito di tutto punto. Per un attimo tornò quel pensiero: era uno splendore!

«Lo sai, vero, che mi stai guardando con un'aria sognante?» notò lui.

Arrossii, poi ribattei prontamente: «Ti piacerebbe, eh?».

Mi aspettavo un'altra delle sue battute, invece pronunciò un semplice e laconico: «Sì».

"No! La situazione non deve prendere questa piega!" pensai.

Così, svelta, dissi: «È tardi. È ora di andare a dormire».

Fece per ribattere ma, prevedendo l'arrivo di un'altra delle sue battute, lo zittii posandogli l'indice sulle labbra.

«Niente battute, si è fatto veramente tardi.»

Lo accompagnai alla porta.

«Buonanotte, Elena.»

«Buonanotte, Andrea, fai sogni d'oro.»

Restò sorpreso. «È la prima volta che mi chiami per nome… Come lo sai?»

«La tessera punti del nostro negozio riporta il nome del cliente e l'iniziale del cognome quando la passiamo alla cassa.»

Sorrise. «Ripetilo.»

«Cosa?»

«Il mio nome.»

«Andrea.»

«Orbene, ora non vuoi aggiungerci un bel "resta"?»

Mi colse alla sprovvista ed esitai prima di rispondere: «Non credo sia una buona idea».

«Sicura?»

Annuii, anche se, lo ammetto, tutto il mio essere avrebbe voluto che restasse anche solo per quella notte, ma non aveva senso. Lui e io eravamo totalmente diversi.

«Ok, allora vado» disse.

«Andrea, grazie per l'aiuto e la compagnia. Sul serio, se non ti fossi fermato, non so…»

«Vuoi la verità?»

«Su cosa?»

«Quando ti ho vista uscire dal bar e prendere la bici con quel tempo… be'… ho salutato in fretta la mia cliente per seguirti a distanza e accertarmi che arrivassi a casa sana e salva.»

Rimasi ammutolita per la sorpresa, riuscii solo a chiedere: «Perché? Voglio dire… Sono sempre stata scontrosa, perché preoccuparti di me?».

«Perché mi piaci e tengo a te.» Così dicendo, mi diede un bacio sulla fronte. «Sogni d'oro.»

Lo guardai salire in auto e, salutandomi con la mano, riprendere la strada del paese.

Richiusa la porta d'ingresso, sentii improvvisamente il peso di quel silenzio che fino al suo arrivo tanto amavo dopo una giornata di lavoro. Per quanto mi piacesse il mio impiego, tornare la sera a casa e lasciarmi avvolgere dalla quiete che vi regnava era rilassante… In quel momento, invece, il silenzio si fece rimpianto.

Guardai il plaid e la coperta ordinatamente piegati e riposti sul divano, le due tazze vuote sul bordo del lavandino, la sua giacca… "È vero! La giacca!" Avevo scordato di rendergliela. Spensi tutte le luci sperando che, con esse, si domasse anche

l'insolita sensazione che lui mi aveva lasciato. Andai in camera, indossai il mio pigiama e mi misi a letto. Non riuscii a chiudere occhio. Il cuore non voleva saperne di rallentare la sua corsa ed ero inquieta: mi mancava.
Mi sentii una sciocca davanti a quella scoperta. Andrea e io eravamo come la notte e il giorno.

3

L'indomani mattina uscii presto, prendendo la giacca: volevo passare a lasciarla in lavanderia verso le otto e mezza, l'orario in cui apriva. Dovetti salire sul primo bus diretto al paese, perché la mia bici era fuori uso. Durante il tragitto, telefonai a Laura per sapere se suo fratello (ciclista amatoriale) potesse far qualcosa per sistemare la mia ruota. Mi disse che sarebbero passati entrambi dopo il lavoro da casa mia, prima di recarsi a cena dalla madre. La ringraziai e riattaccai.

Non feci in tempo a riporre il telefono nello zainetto che iniziò a squillare.

«Scusa, ma come hai fatto a tornare a casa ieri senza la bici? Dove l'hai lasciata?» ricominciò Laura.

«Ero quasi alla fine della pista ciclabile, così sono scesa dalla sella e l'ho spinta fino a casa» mentii.

«*Cosa*? Sotto quell'acquazzone? Sarai arrivata bagnata fradicia!»

«Esatto» risposi, non dicendo più una bugia.

«Avresti dovuto chiamarmi. Ti avrei accompagnata io.»

«Non credo che la mia bici ci sarebbe stata sulla tua Cinquecento e, se l'avessi lasciata lì, temo non l'avrei ritrovata stamattina…»

«Già, suppongo sarebbe andata come dici tu» ammise Laura. «Però ti ringrazio del pensiero. Ora ti lascio, sono arrivata al negozio. Buona giornata» conclusi.

«Anche a te. A stasera!»

Arrivai al lavoro con largo anticipo: c'era un solo bus che collegava la frazione al paese, di mattina, ed era quello per gli studenti, per cui entro le sette e cinquanta doveva essere a destinazione. Il vivaio, però, apriva alle nove! Fortunatamente, avevo una copia delle chiavi e potei entrare e approfittare di quell'anticipo per sistemare un po' il magazzino dove tenevamo i vasi vuoti, il terriccio, i semi. Poi andai in lavanderia. Alle nove in punto aprii il negozio. Katia non era ancora arrivata, ma non me ne preoccupai, perché accadeva spesso che il lunedì incappasse nelle sbarre del passaggio a livello, alle porte del paese, abbassate.

Stavo avviando la cassa, quando sentii tintinnare il campanello alla porta. Alzai la testa e accolsi il cliente con un: «Buongiorno!», che subito sostituii con un: «Ciao, che sorpresa! Sei in largo anticipo oggi!».

Era Andrea.

«Buongiorno a te, Elena. Sono passato per parlare con Katia e per vedere se hai dormito bene.»

«Come un angioletto» mentii.

«Ammettilo: non hai chiuso occhio pensando al sottoscritto…»

Avrei voluto chiedergli se mi leggesse nella mente, invece, risposi: «Ti ho detto che era tardi ed era ora, per me, di andare a letto, e così ho fatto. Ti assicuro che non hai fatto parte dei miei pensieri la scorsa notte».

«Ma dei tuoi sogni scommetto di sì!» Sorrise. «Come sei arrivata qui stamattina?»

«Ho preso il bus degli studenti.»

«Ma arriva prima delle otto e voi aprite un'ora più tardi!»

«È l'unico.»

«E per tornare?»

«Mi farò dare un passaggio da Laura, la mia amica del bar, e da suo fratello: devono passare per sistemarmi la bici… Lui è un ciclista amatoriale, perciò sa cambiare camera d'aria e copertone.»

«Sicura? Non vuoi che ti accompagni io?»

«Sicura, grazie. Però se vuoi passare a riprendere la giacca qui al negozio prima che chiuda… L'ho portata in lavanderia poco fa, prima di aprire, ma stasera sarà già pronta.»

«Grazie, non dovevi! Tienila tu. Passerò io una sera da te a riprenderla, se non disturbo… Facciamo mercoledì?»

«D'accordo.»

«Ah, no! Che sbadato! Quel giorno ho una noiosissima cena con i colleghi… Possiamo fare giovedì?»

«Ok, vada per giovedì.»

«Perfetto.»

Ci guardammo per un istante.

«Ma Katia?» chiese poi.

«Non sarà lontana ormai» replicai un po' delusa di sapere che era passato non solo per salutarmi, ma anche, e soprattutto (credevo), per lei…

Alla mia risposta, sfoggiò subito un sorriso ironico e malizioso, accompagnato da: «Su, su, ammettilo che speravi che fossi venuto solo per te!».

«Nient'affatto! E ora, scusa, ma devo finire di sistemare di là intanto che non ci sono clienti. Puoi aspettare Katia su quella sedia se vuoi…» "Veramente, quest'uomo ha la facoltà di leggermi nella mente…" pensai, indicandogli la sedia vicino alla vetrina.

«Devo scappare in ufficio. La chiamerò appena arriverò là. Grazie. Buona giornata, allora, e… a giovedì.»

«A giovedì. Buona giornata!»

Uscì e io ripresi a pulire. Katia giunse subito dopo. La avvisai che Andrea era passato e l'avrebbe richiamata. E così fu. Trascorsi pochi minuti dall'arrivo della proprietaria, squillò il telefono e, in quell'istante, entrò anche una cliente.

«Rispondo io, tu pensa alla signora» disse Katia.

La lasciai al telefono e servii la cliente. Quando mi avvicinai alla cassa per confezionare i fiori scelti dalla donna, sentii la mia collega chiudere la chiamata dicendo: «Capito. Sì, verrò io personalmente a consegnartele, fidati. Grazie e arrivederci».

Ultimamente, se gli acquisti da portare erano poco distanti dal negozio, andavo io a piedi o in bicicletta, mentre Katia si occupava dei rappresentanti e degli ordini da effettuare.

La mattinata trascorse velocemente tra clienti da servire e consegne da fare.

C'era anche chi chiamava per prenotare un bouquet, fidandosi dei nostri gusti, essendo nostri clienti «storici» e conoscendo il nostro modo di lavorare. Proprio annotando una di queste richieste telefoniche sul blocco accanto all'apparecchio, vidi, sotto al foglio bianco su cui stavo scrivendo, alcune parole. Chiusa la telefonata, girai la pagina e rimasi malissimo nel leggervi: «25 rose rosse da consegnare (IO) ad Andrea Moretti mercoledì sera verso le 18:30».

Venticinque rose rosse per mercoledì sera? E la cena con i colleghi? Solo una bugia! L'ennesima presa in giro! L'ennesima e, per conto mio, l'ultima! Non volevo rivederlo assolutamente più!

Katia si avvicinò chiedendomi se andasse tutto bene.

«Certo. Ha appena chiamato il signor Franco. Vuole un mazzo di fiori da regalare a sua moglie per l'anniversario.»

«È sempre tanto carino e attento verso quella donna. È fortunata ad avere un uomo tanto romantico accanto.»

«Anche il signor Andrea lo è… Caspita! Ho notato che ha prenotato delle rose rosse…» affermai.

«Sì. L'ho segnato a parte perché vuole che gliele consegni io. Chissà chi è la fortunata stavolta…»

«Stavolta?» domandai.

«È un rubacuori. Ha parecchie donne che lo corteggiano. Lui è gentile con tutte, ma non mi è mai parso tanto interessato a nessuna di loro… Ha sempre regalato un fiore nelle occasioni speciali… compleanno, successi lavorativi, anniversari… ma mai rose rosse né in così gran numero… Sospetto che la destinataria di questo omaggio floreale sia la prima che è riuscita a far breccia nel suo cuore…»

Non aggiunsi più nulla. Il mio pensiero andò immediatamente

alla donna bionda del bar e, improvvisamente, capii quanto fossi stata sciocca a illudermi che lui tenesse veramente a me e che fosse diverso da come l'avevo creduto all'inizio.

Guardai la mia immagine riflessa nella vetrina. "Sei solo una stupida!"

Se la mattina era trascorsa velocemente, il pomeriggio mi parve eterno. Avevo soltanto voglia di tornare a casa, farmi una doccia e passare la serata guardando un vecchio film che mi aiutasse a distrarmi dai miei pensieri.

Laura e il fratello, Fabio, vennero a prendermi alla chiusura del negozio.

«Mi dispiace tantissimo disturbarvi, ragazzi» dissi salendo in macchina.

«Non è affatto un disturbo! Ci vorrà un attimo a sistemare la ruota» assicurò Fabio.

«Per lui è un gioco da ragazzi...» constatò la mia amica.

«Be', quando mi alleno per una gara, se mi trovo su strade pressoché deserte, devo sapermi arrangiare in caso la bicicletta abbia problemi...»

«Grazie, davvero.»

Fabio mantenne la parola: in pochi minuti la bici fu sistemata. Mi offrii di pagare il servizio, la benzina e il tempo perso, ma rifiutò categoricamente.

«Che amici saremmo se non ti aiutassimo nel momento del bisogno?» esclamarono quasi in coro i due.

Offrii loro anche un caffè o qualcosa da bere, ma dovevano ripartire subito per la cena dalla madre.

«Mercoledì, Elena, è il tuo compleanno! Ci aggiorniamo per organizzare i festeggiamenti» disse Laura.

«Potremmo festeggiarlo venerdì, così riuscirei a unirmi a voi» propose Fabio. «È il mio giorno di riposo, per cui sarei completamente libero a qualsiasi ora decidiate.»

«Vedremo» rimandò la sorella. «Ci sentiamo domani, Elena.»

«Ok, grazie mille ancora, ragazzi.»

Il mio compleanno… Me n'ero completamente scordata! Di solito Laura e io festeggiavamo i nostri rispettivi compleanni il sabato della settimana in cui cadevano: ci davamo appuntamento la mattina al centro commerciale in città e lì trascorrevamo l'intera giornata tra shopping e risate, per poi terminarla con una pizza o una cena in un *fast food* del complesso. Erano occasioni che ci facevano sentire speciali. Ma quel mercoledì sarebbe stato tutt'altro che speciale e felice, per me, sapendo che Andrea l'avrebbe trascorso con la donna delle rose…

L'indomani Laura mi chiamò prima di uscire per andare al lavoro.

«Fabio ci tiene a festeggiare il tuo compleanno venerdì, così ho avuto un'idea grandiosa! Faremo due giorni di festa! Venerdì con mio fratello e sabato tu e io da sole, come di consueto… Che ne dici?» propose.

«Ok…»

«Potresti almeno fingere un po' d'entusiasmo, Elena… Cosa c'è che non va?»

«Oh, no! No, perdonami! Ero sovrappensiero. Fantastico! Penso proprio che tu abbia avuto un'idea bellissima!» esclamai, fingendo quel tale *entusiasmo*.

«Sei sicura? Se va tutto bene, allora, confermo a Fabio.»

«Conferma! Ci divertiremo!»

La salutai e riattaccai. "Sono un'ingrata! Laura è stata tanto gentile e io non riesco a esserne felice… Sono una pessima amica!"

Mercoledì, Katia preparò il mazzo di rose avvolgendole in carta e tulle rossi e lo legò con un nastro del medesimo colore. Fissò poi a quest'ultimo un bigliettino bianco con una molletta con un cuore in legno.

«Che ne pensi? È abbastanza romantico?» mi chiese.

«Io troverei romantica anche solo una margherita colta in un prato, se me la regalasse un uomo che mi interessa…»

«Sei una ragazza semplice e dal cuore puro, lo sai? Ci sono

donne che invece pretendono mazzi di rose dal proprio uomo.»

«Ne basterebbe una sola…»

«Non tutte la pensano come te, Elena, credimi. Tempo fa, venne un ragazzo. Aveva appena iniziato a lavorare e prendeva uno stipendio misero rapportato alle ore di lavoro che faceva. Per il primo San Valentino, entrò tutto contento ad acquistare la sua prima rosa rossa per la fidanzata…»

«Chissà come ne sarà stata felice lei» constatai.

Katia sorrise amaramente. «Non direi. Quando il ragazzo tornò in negozio, gli chiesi com'era andata e lui rispose che la sua fidanzata aveva gettato da parte in malo modo la rosa, asserendo che: "Le rose vanno regalate a dozzine!".»

«Non ci credo! Davvero è stata tanto insensibile e ignorante? Che delusione deve aver provato quel povero ragazzo…»

«Già. Ma, che io sappia, alla fine, si sono lasciati… Ci sono voluti otto anni prima che il giovane aprisse gli occhi, ma, dai, almeno li ha aperti… Anche se già dopo l'episodio della rosa, io l'avrei lasciata: una ragazza che non apprezza un gesto tanto carino, merita solo le ortiche!»

«Hai perfettamente ragione!»

«Bene, ora è meglio che vada a consegnare questo mazzo, altrimenti lo studio chiude…»

«Puoi riportare anche questa giacca al signor Andrea?»

«Come mai hai una sua giacca?»

«L'ha dimenticata lunedì mattina in negozio.»

«Ok, carico in auto questo e poi vengo a prendere anche quella.»

Approfittai della momentanea assenza di Katia per scrivere un breve biglietto che misi nella tasca dell'indumento da restituire: «Non si disturbi a passare da me giovedì: visto che Katia deve venire nel suo ufficio, ho chiesto a lei di renderle la giacca pulita. Grazie per avermela prestata. Addio».

La mia collega partì e, con lei, portò, oltre alle rose e alla giacca, anche i miei sogni e le mie illusioni, lasciandomi, in cambio, delusione e disincanto.

Mancava ormai un'oretta alla chiusura, così cominciai a sistemare il negozio e a pulire un po' il pavimento e la vetrina. Katia tornò dopo mezz'ora circa, quando stavo finendo di scopare tra i vasi nella serra sul retro.

«Ecco fatto! Consegnate!» Mi fissò, poi disse: «Era deluso».

«Chi?»

«Andrea.»

Mi fermai con la scopa tra le mani e la guardai con aria interrogativa.

«Era un mazzo bellissimo! Come poteva non piacergli?»

«Infatti non parlo dei fiori, ma della giacca…»

«Scusa, ma continuo a non capire.»

«Quando gli ho dato la giacca è parso stupito e, dopo aver letto un biglietto che ha trovato in tasca, sembrava triste… Credo sia la prima volta che l'ho visto tanto amareggiato… Perdonami, ma posso sapere cosa gli hai scritto?»

«Nulla di che. Solo che aveva scordato la giacca e, siccome si era leggermente sporcata di terriccio, avevo provveduto a farla lavare.»

«Boh…» rispose Katia, non convinta.

Senza dare peso all'accaduto, ripresi a scopare la serra e poi mi preparai per tornare a casa.

4

Arrivata a casa, mi diressi subito in bagno per una doccia e poi mi infilai una felpa che lasciava scoperte le spalle e le mie morbide calze antiscivolo… Lasciai libere le gambe: né leggings né pantaloni. Il programma per la sera del mio compleanno consisteva in un toast veloce sul divano con un plaid sulle gambe a guardare un vecchio film.

Stavo giusto per uscire dalla camera per andare in cucina, quando suonò il campanello.

Chi poteva essere? Laura mi aveva telefonato appena sveglia per farmi gli auguri, così come Fabio, e con entrambi avevamo rinnovato l'appuntamento per il venerdì… Spostai leggermente la tenda e guardai dalla porta-vetrina. Mi ritrovai davanti… un mazzo di rose rosse.

Aprii e da dietro quei fiori provenne un: «Tanti auguri!».

L'uomo nascosto me li porse e comparve Andrea.

Sorpresa, riuscii solo a balbettare: «Cosa ci fai tu qui?».

«È il tuo compleanno…»

«Ma cosa… Come fai a sapere…»

«Che oggi è il tuo compleanno? Katia è una cliente del mio studio. Nel suo fascicolo c'è anche il contratto della tua assunzione con tutti i tuoi dati… Mi è bastato andare a leggere quello per sapere quando sei nata… Ovviamente non l'ho ricordato alla tua sbadata datrice di lavoro, per paura che collegasse i fiori a te e mi rovinasse tutto» spiegò.

«E la cena con i colleghi?»

«Una scusa per riuscire a farti una sorpresa.»

Tutto d'un tratto mi sentii risollevata e con il cuore colmo di gioia! Scoppiai involontariamente a piangere.

«Ehi, cosa c'è?» chiese, guardandomi in apprensione.

Scossi il capo. «Nulla. Non preoccuparti. Sono solo felice. Tanto, tanto felice!»

Sorrise. «Oh, ma non ero preoccupato perché piangi. Stavo pensando solo che le lacrime possono sciupare il tuo elegante abito…» scherzò.

Solo allora mi ricordai che non indossavo nulla che coprisse le gambe. Mi guardai e arrossii.

«Cavoli!» esclamai, mentre cercavo di allungare la felpa tirandola.

«Lascia, sei bellissima così.»

«Non sapevo saresti venuto…»

«E, se l'avessi saputo, avresti indossato qualcos'altro?»

«Sì, i pantaloni!»

Ridemmo.

«Sei tremendamente attraente con le spalle scoperte… Anche quei calzettoni sono tanto sexy!»

«Ok… Ora, se hai finito di prendermi in giro, ti va di entrare?»

«Ovviamente!»

Presi le rose. «Andrea» dissi.

«Sì?»

Mi avvicinai e gli sfiorai la guancia con le labbra. «Grazie infinite. Sono meravigliose!»

Stupito per quel mio semplice gesto, mi sorrise con dolcezza. «Figurati. Farei di tutto per vederti felice come ora.»

Una volta in casa, Andrea si accomodò sul divano, mentre io cercavo un vaso dove poter mettere le rose. Subito me ne venne in mente uno regalatomi dalla nonna, che tenevo nel mobiletto sotto la TV. Ricordavo, come se fosse stato il giorno prima, le sue parole: «Vedrai che un giorno, quando un uomo speciale arriverà con un mazzo di fiori, ti sarà molto utile».

"È arrivato, nonna, è arrivato quell'uomo speciale" pensai.

Sistemai i fiori con dell'acqua e lo posai sul tavolino davanti al divano.

«Sono davvero bellissimi!»

«Dici così perché provengono dal vostro negozio...» scherzò Andrea, facendomi l'occhiolino.

«Dico così perché è la verità!» Feci una pausa. «Hai già cenato?»

«No.»

«Io mi stavo preparando un triste toast, ma, se mi fai compagnia, mi cambio e ti offro una cena al ristorante qui accanto...» proposi.

«E se restassimo qui e ordinassimo una pizza?»

«Sicuro?»

«Sicuro! Chiamo subito per prenotarle... Margherita, vero?»

«E come sai la mia pizza preferita? Quello non è riportato sul contratto» osservai.

«No, ma una ragazza semplice come te sa tanto di margherita...»

Annuii. «Intanto che telefoni, vado a cambiarmi.»

«No, resta così... Sul serio, sei splendida!»

«Sai che non ti credevo capace di tanti complimenti?»

«Il fatto è che ora non indossi né leggings né collant né pantaloni sotto a quella maxi felpa e, se vai a cambiarti, rischio di trovarmi davanti a dei jeans che mi coprirebbero la visuale delle tue gambe bellissime.»

Gli feci una linguaccia.

«Ok, allora apparecchio la tavola in cucina intanto che aspettiamo le pizze.»

«In cucina? C'è un tavolino con sotto un morbido e caldo tappeto qui davanti al divano... Possiamo sederci per terra e mangiare qui se ti va...»

«Davvero? Non sarai scomodo?»

«Sono vecchio, ma prometto che ce la farò a rialzarmi da terra» scherzò.

«Non ne dubito... Ti ho offerto una cena, non un posto dove passare la notte!» ribattei divertita.

«Cattiva!» Nell'istante in cui pronunciò quella parola, tuonò.

«Ecco, mi manderesti a casa con un tempo così?»

«È un temporale, passerà presto.» Risi nel vedere la sua buffa espressione.

«Ebbene, *perfidia*, spostiamo le rose in cucina e prendiamo due bicchieri e le posate.»

Dopo poco, suonò il campanello. Andrea stava per prendere il portafoglio dalla tasca e andare ad aprire la porta, ma io lo anticipai: «Offro io…».

«Ma non è galante!» cercò di protestare lui.

«Per favore, hai già fatto tanto.»

Aprii, presi le pizze, pagai il ragazzo e ci accomodammo sul tappeto.

«Che profumo! Adoro la pizza!» asserii.

Mi fissò con uno strano sorriso.

«Tu no?» domandai.

Annuì.

«Perché mi fissi così allora? Come se avessi detto chissà che…» volli sapere.

«Perché hai l'entusiasmo di una bambina, anche davanti alle cose più semplici… persino di fronte a una pizza! Solitamente, le donne con cui esco pretendono una cena in un ristorante raffinato, mai accetterebbero di sedersi per terra a mangiare con le mani dal cartone una banale pizza… Tu adori la pizza? E io adoro te!»

Restammo in silenzio guardandoci negli occhi.

«Che sciocca! Non ci ho pensato prima! Hai freddo? Pur essendo quasi primavera, la sera è ancora piuttosto fresca.»

«Cos'è una proposta velata?»

Alzai gli occhi al cielo.

«Avevo intenzione di mangiare il mio toast avvolta in una coperta, ma, forse, è meglio se accendo la stufa; ci vuole un attimo ed è qui accanto al divano: scalderà la stanza in un momento.»

Mi alzai e l'accesi. Mi abbassai leggermente per prendere il guanto e mettere la legna sulla fiamma.

«Ehi, però sai che l'atmosfera si è già resa rovente?»

Mi resi conto, solo seguendo il suo sguardo, che la mia maxi felpa si era leggermente alzata sul retro quando mi ero piegata in avanti.

«Ma proprio non riesci a pensare ad altro?» affermai arrossendo imbarazzata.

«Hai una candela?»

«Perché?»

«Il calore della stufa, una candela sul tavolo, la luce spenta… È tutta un'altra atmosfera» sentenziò.

Recuperai un portacandela con candela annessa che tenevo, in caso di blackout, insieme a una pila e li posi sul tavolino.

«Ora è meglio se ceniamo, altrimenti la pizza si raffredda» dissi.

Nonostante l'avessi mangiata infinite volte, questa mi parve la più buona in assoluto!

Andrea, sotto la sua maschera di *maniaco* e spiritosone, era di una dolcezza unica. Era intelligente e simpatico, oltre che generoso e sensibile.

Mi raccontò della sua famiglia. Mi disse che i suoi si erano separati molto tempo prima, dopo quindici anni di matrimonio, quando lui aveva appena dieci anni. Il padre, a quanto pare, aveva una relazione parallela con la sua segretaria e spesso, quando tornava a casa, picchiava la moglie, ignara del tradimento del marito, colpevole semplicemente di essere «d'intralcio» alla sua libertà di vivere alla luce del sole l'altra storia.

«Mia madre non riusciva a capire il motivo di quella violenza: era un'ottima moglie, madre e casalinga. Non trascurava mai né la famiglia né la casa…» Fece una pausa.

«Dev'essere stato terribile per lei, ma anche per te: se non ne comprendeva lei la ragione, figuriamoci tu che eri un bambino» constatai.

«Già. Sentivo le urla di mio padre e i pianti di mia mamma… Finché un giorno lei scoprì tutto. Non so come accadde, non gliel'ho mai domandato, quando era in vita. So solamente che la vidi preparare le valige di lui e mettergliele fuori dalla porta. La casa era stata ereditata da lei alla morte di una carissima zia, per cui spettava a mio padre andarsene. Al suo arrivo, lo sentii bussare violentemente alla porta, minacciandola, se non avesse aperto, di fargliela pagare cara… Lei non aprì. Si limitò a intimargli di andarsene senza tante scenate, prima dell'arrivo dei carabinieri che lei stessa aveva chiamato facendo ascoltare loro al telefono quanto stava accadendo. Lui non demordeva, pensando forse che lei bluffasse, che non avesse avuto davvero l'audacia di avvisare le autorità competenti, finché non arrivarono le forze dell'ordine e lo portarono via.»

«Tua mamma è stata molto coraggiosa!»

Annuì.

«Sai, mi colpirono più di tutto la calma, la freddezza e la determinazione con cui affrontò quel momento. Non urlò. Non pianse. Prese il telefono, spiegò la situazione e le violenze subite ai carabinieri e diede loro la possibilità di registrare quanto stava succedendo, in modo da avere delle prove e delle testimonianze per la denuncia che intendeva sporgere.»

«E tu? Come hai vissuto questa storia?»

«Io? Odiavo mio padre. Fantasticavo su quando sarei stato grande e avrei salvato mia madre da quella situazione… Per fortuna, lei mi ha anticipato e non ho dovuto assistere ad altre violenze…» Fece un'altra pausa. «Credo che mia mamma avesse deciso già qualche settimana prima di cacciare quell'uomo e di denunciarlo. Penso l'avesse stabilito il giorno in cui, seduti tutti e tre a tavola per la cena, lui alzò una mano per colpirmi… Era la prima volta che lo faceva. Stava urlando con mia madre perché, secondo lui, la pasta era troppo cotta. Era l'ennesimo pretesto per farla sentire una nullità. Io osai dire che per me era ottima. Ricordo ancora lo sguardo d'odio e ira che mi rivolse prima di colpirmi... Fu uno schiaffo così forte che caddi dalla sedia. Mi rialzai, sussurrai che lo odiavo e mi chiusi in camera mia. Fece per seguirmi, ma mia madre gli si parò dinnanzi. Lo sentii uscire di casa sbattendo la porta. Subito lei venne da me. Mi abbracciò e mi promise che non sarebbe più accaduto.»

«L'amore per un figlio, credo sia l'amore più grande. Lei, in quell'occasione, ti ha difeso pur sapendo ciò che rischiava mettendosi tra te e lui.»

Mi fissò intensamente.

«Credimi, Elena, anche l'amore per una donna che si desidera intensamente lo può essere.»

Mi sentii confusa a quelle parole: non sapevo se fossero una constatazione o una dichiarazione. Mi venne spontaneo, però, prendergli una mano e stringerla, per dimostrargli la mia vicinanza.

«Ti va il dolce? Ho preparato il tiramisù ieri sera per autofesteggiarmi e per distrarmi dalla delusione delle rose...»

Mi guardò con aria interrogativa, poi spalancò la bocca in un largo sorriso. «*Aaahhh*, ora capisco! Eri gelosa! Pensavi fossero per un'altra donna ed eri triste! Ti ho scoperta!»

«Ok, ok, lo ammetto: ero gelosa, ma non cominciare a vantartene! Mi avevi detto che saresti venuto a prendere la giacca giovedì, perché oggi avevi una cena con i colleghi, poi, però, prenoti "segretamente" dei fiori... Credevo mi avessi mentito e avessi appuntamento con una donna... E, sì, mi dispiaceva saperti con un'altra.»

«Be', in effetti, abbigliamento quotidiano a parte, mi pare che tu sia una donna...»

Fingendomi offesa e arrabbiata, misi le mani sulla vita e chiesi, prevedendo già la risposta: «Ehi! Cos'hai da ridire del mio abbigliamento?».

«Vuoi proprio che ti elenchi cosa non va nelle tue felpe extralarge, nei tuoi jeans e nelle scarpe da ginnastica?»

«No, in verità preferisco tu non dica nulla, altrimenti staremmo qui fino a domattina e finiremmo per litigare...»

«Ma... ti dirò che non mi dispiacerebbe fermarmi qui fino a domani mattina.»

«Non ci contare! Preparo il tiramisù» dissi quello, ma ammetto che speravo veramente si fermasse da me...

«Vuoi una mano?»

«No, grazie.»

Mangiammo anche il dolce, poi sistemai il tavolino, riportando bicchieri, posate e ciotole in cucina.

Dopodiché tornai a sedermi accanto a lui sul divano.

«La candela si è quasi consumata tutta... tra un po' si spegnerà» constatai.

«Hai paura del buio?» mi derise.

«Ma lo sai che, a volte, sei proprio antipatico?» scherzai.

«Generalmente sono un gentiluomo, tu tiri fuori il "peggio" di me.» Rise.

Risi anch'io. «Caspita! Che onore! Sul serio, forse è meglio se accendo la luce.»

«No, lasciala ancora spenta per qualche minuto. Poi tornerò a casa.»

Restammo in silenzio. Mi avvicinai a lui.

«Andrea, prima che te ne vada, voglio che tu sappia che sono stata benissimo stasera. Ho passato una serata meravigliosa. Grazie.»

«Grazie a te, Elena. Erano secoli che non mi sentivo così bene e, se vuoi saperlo, tu sei la prima a cui ho raccontato dei miei» disse serio.

Provai un grande desiderio di abbracciarlo. Spontaneamente, mi sedetti a cavalcioni sulle sue gambe, in modo da essergli di fronte. Lui rimase sorpreso da questo mio inatteso gesto e, ancor di più, lo fu quando lo abbracciai, tenendolo stretto a me.

Dopo un attimo di esitazione, contraccambiò e sentii il suo respiro sul mio collo.

«Cielo, Elena… Rimarrei così per sempre.»

Mi scostai leggermente per guardarlo negli occhi. Presi il suo viso tra le mani e lo baciai dolcemente.

Lui ricambiò il mio bacio con passione, stringendomi forte a sé.

Tutto d'un tratto, s'interruppe. «Non posso» disse con lo sguardo abbassato.

Io non riuscii a dire nulla. Lo osservai cercando di capire cosa stesse succedendo.

Alzò gli occhi pieni di desiderio e di passione, rispecchiandoli nei miei confusi e increduli.

«Ti desidero, Elena! Credo di non aver mai desiderato una donna quanto desidero te! Né di aver provato per nessuna quello che provo per te…» Fece una pausa. Poi proseguì: «Tu sei diversa e, proprio perché lo sei, non voglio farti soffrire».

«Perché dovrei soffrire? Non capisco, Andrea, cosa c'è che non va?»

«C'è una cosa che non sai di me. Una cosa molto importante…»

«Dimmela!» esclamai.

Mi guardò incerto, poi scosse la testa. «No, non ora. Non voglio perderti» sussurrò. «È meglio che io vada adesso.»

Delusa per il suo silenzio e il suo rifiuto, mi alzai, mi strinsi le braccia al corpo e, senza guardarlo, con la voce che mi tremava, dissi: «Vai! Vattene!».

Si alzò anche lui, fece per abbracciarmi, ma io indietreggiai.

«Volevi andare… Vai!» ripetei.

«Ti desidero, Elena, credimi. Non hai nemmeno lontanamente idea di quanto io ti voglia!»

«Sì. Sì, certo» ribattei ironica.

«Non puoi capire…»

«*Capire*? Come posso *capire* qualcosa che non so? Perché non mi spieghi? Forse allora potrei comprendere!» Esasperata, senza volerlo, alzai il tono della voce.

«Non posso… Non ora» ripeté nuovamente lui.

«Vattene, Andrea! È solo una scusa, la tua… Mi hai presa in giro fin dal primo istante. Non c'è niente da capire, è tutto chiaro!»

«Non ti sto prendendo in giro!» si difese.

Mi diressi decisa verso la porta d'ingresso, la spalancai e, cercando di mantenere la calma, affermai: «Grazie per le rose e per la compagnia, ma, per favore, ora puoi andartene?».

Lui uscì e, una volta fuori, si voltò. «Elena…»

Chiusi la porta a chiave. La candela si spense e rimasi sola, al buio. Soltanto le mie lacrime brillavano al fuoco della stufa.

5

L'indomani mattina arrivai al lavoro con largo anticipo, perché non volevo correre il rischio di incontrare Andrea lungo il tragitto: acceso il telefono, appena sveglia, infatti, avevo trovato una decina di messaggi provenienti dalla sua chat… Non li avevo aperti, avevo letto solo l'ultimo che si presentava sulla schermata: «Devo parlarti». Avevo spento nuovamente il cellulare, decisa a non ascoltarlo più e, soprattutto, a non dargli ulteriori occasioni per prendersi gioco di me e umiliarmi.

Lavorai sodo per tutto il giorno. Non che di solito non mi impegnassi, ma ero determinata a concentrarmi sul negozio e a tenere il più possibile la mente occupata per non correre con il pensiero alla sera precedente.

Spostai vasi, alzai sacchi di terriccio… Purtroppo, però, non calcolai il fatto di non aver toccato né cibo né acqua dalla cena della sera precedente e, arrivata alla chiusura, mi sentii girare la testa e dovetti aggrapparmi al bancone per non cadere.

«Elena, che succede?» chiese Katia preoccupata vedendomi pallida in volto.

«Solo un giramento di testa» spiegai.

«Siediti. Vado a prenderti del tè zuccherato e qualcosa da mettere sotto i denti.» La vidi correre al bar di fronte e ritornare con la dolce e calda bevanda e una brioche.

La ringraziai. Effettivamente, dopo mi sentii molto meglio.

«Ti riaccompagno a casa io stasera, la bici la lasciamo qui in magazzino.»

«Non disturbarti. Non ce n'è bisogno, credimi.»

«Non è un disturbo. Ti riaccompagno e poi domani mattina passo a prenderti. Non voglio sentire scuse!» concluse.

Arrivata a casa, mangiai ancora qualcosa e poi, distrutta, mi lasciai cadere sul divano e, con mia grande sorpresa, piansi. Piansi le lacrime che avevo tentato di trattenere per tutto il giorno, sfogai l'amarezza, la delusione, il senso di solitudine e vuoto che l'illusione dell'amore mi aveva lasciato.

Improvvisamente, sentii suonare il campanello. Veloce mi asciugai il viso e andai ad aprire.

Subito mi sentii abbracciare forte e baciare con ardore e passione, mentre la porta si richiudeva alle spalle, spinta con un piede.

«Ti voglio, Elena! Posso mentire a me stesso dicendomi che non è giusto, ma il cuore non ne vuole sapere!» dichiarò Andrea.

Senza aggiungere altro, guardandoci semplicemente negli occhi, ci sfilammo a vicenda gli abiti di dosso, abbandonandoli sul pavimento, e, sempre baciandoci, raggiungemmo la camera da letto. Ci sdraiammo. Andrea era sopra di me e, con voglia e dolcezza, esplorava il mio corpo con le labbra. I suoi baci, a contatto con la mia pelle nuda, mi procuravano un piacere nuovo e immenso e facevano crescere in me il desiderio impellente di appartenergli.

Col suo corpo stretto al mio, entrò in me. Era la prima volta per me e un iniziale dolore lasciò presto spazio a un intenso piacere. Avvertire Andrea muoversi dentro di me, sentire il profumo della sua pelle, il suo respiro sfiorare il mio viso mi catapultò in un mondo sconosciuto e bellissimo. Quando sentii la sua essenza scorrermi dentro, provai un senso di dolce quiete. In quello stesso istante, mi sussurrò: «Ti amo, Elena».

Mi voltai leggermente e, dandogli un bacio sulla guancia, risposi: «Ti amo anch'io, Andrea».

Mi strinse a sé.

«Non lasciarmi mai, Elena. Qualsiasi cosa accada, resta con me.»

«Te lo prometto.»

Ci rifugiammo, così, nudi sotto le coperte e ci addormentammo l'uno abbracciato all'altra.

Quando aprii gli occhi, Andrea mi stava guardando con un dolce sorriso sulle labbra.

«Ben svegliata, amore. Dormito bene?»

Baciai quel sorriso.

«Buongiorno. Magnificamente! E tu?»

«Mai dormito meglio. Mi sento come un eterno viandante che finalmente ha trovato un posto dove si sente a casa.»

«Allora fermati per sempre qui, viaggiatore.»

Salii a cavalcioni su di lui e, cullandomi dolcemente, riscoprii il piacere di appartenergli. Stringendomi la vita con le mani, Andrea mi dondolò, esplorandomi sempre più a fondo.

«Sei bellissima!» sussurrò con lo sguardo velato di desiderio.

Le nostre rugiade si confusero, le nostre dita si intrecciarono e le nostre labbra si incontrarono.

«Non voglio andare al lavoro oggi» disse. «Non andrei più. Starei qui in eterno a fare l'amore.»

Purtroppo dovemmo cedere al dovere e, dopo una doccia e la colazione, ci preparammo per uscire.

«Telefona a Katia e dille che ti accompagno io al lavoro sta-mattina.»

«Mi piacerebbe, ma così vorrebbe sapere il motivo della tua presenza qui così presto…»

«E sarebbe un problema se sapesse, per te?» chiese.

«No, assolutamente! Pensavo lo potesse essere per te…»

«Allora chiamala e dille che non serve che passi» concluse.

Feci come mi disse. La avvisai che non serviva si disturbasse a passare, perché avevo chi mi avrebbe accompagnata.

Arrivammo prima noi di lei al negozio, per cui non ci vide e le dissi solo che un amico mi aveva dato un passaggio.

Volevo tenere per me quella gioia e vivere lontano da tutti quell'amore appena sbocciato. Faticavo io stessa a spiegarmi e a realizzare che non stavo sognando e che realmente mi avesse improvvisamente e inaspettatamente travolta tanta felicità.

Mentre ero intenta a sistemare negli espositori i fiori recisi appena consegnati dal fornitore, Katia disse: «Chissà se le rose acquistate da Andrea sono state apprezzate…».

«Sicuro!»

«E tu come lo sai?» chiese curiosa.

«È passato appena aperto il negozio a ringraziare.» Poi, vedendola ancora perplessa, aggiunsi: «E poi, dai, anche se non fosse passato a confermarlo, come si può pensare che non possano essere state apprezzate? Erano splendide!».

Non amavo mentire e, quelle rare volte in cui era accaduto, mi sentivo a disagio e temevo che si capisse, ma Katia parve crederci. «Hai ragione. A quale donna non sarebbero piaciute?»

Arrivò venerdì sera.

Andrea era passato da me e sembrava deluso di non poter trascorrere la serata insieme, visto il mio appuntamento con Laura e Fabio.

«Perché non ti unisci a noi?» proposi.

«È la vostra serata… Non sarebbe giusto» constatò lui.

«Ma può diventare anche la tua… Coraggio! Più siamo, più ci divertiamo!»

«Non sempre» ammiccò malizioso.

«Era da un po' che non facevi queste battute!»

«E chi ti dice che era una battuta?»

«Ok, ok, lasciamo cadere l'argomento… Allora? Sei dei nostri?»

«Sicura che non sono di troppo?» si accertò ancora.

«Certo!» risposi decisa.

«Va bene, vengo con voi.»

«Perfetto!» dissi dandogli un bacio.

«E in che *qualità* mi presenti ai tuoi amici?» volle sapere.

«Per quello che sei: il mio uomo!»

«Wow! Sai che suona bene?»

«Mi cambio e arrivo» dissi.

«Ti cambi? Ma come? Non hai solo jeans e felpe? Ah, no! Come scordare quell'abitino della serata della pioggia... Indimenticabile! Ha lasciato dei gran bei ricordi nella mia mente!» Rise.

Mi affacciai alla porta della camera e gli feci una linguaccia. Rise ancor di più.

«Vuoi una mano a vestirti? O, meglio, a *svestirti*?»

«Credo che me la caverò benissimo da sola, stavolta, grazie.»

«Volevo soltanto essere gentile...»

«Sì, certo, come no!» replicai spuntando in salotto già vestita e intenta a mettermi dei lunghi orecchini.

Quando lo guardai, lo trovai a bocca aperta per lo stupore.

«Che c'è? Ho qualcosa che non va?» chiesi allarmata.

«Tutt'altro... Elena, sei fantastica!» disse ammirato.

«Esagerato!»

«Dico sul serio: quella camicetta bianca su gonna nera, collant a rete e stivaletti con il tacco... Be', sei perfetta.»

Mi avvicinai al suo orecchio e sussurrai: «Non sono collant, ma autoreggenti...».

«Restiamo a casa! Chiama i tuoi amici e di loro che non stai bene!»

Risi. «Stavo scherzando.»

«Perfida!»

«Coraggio, andiamo. Laura e suo fratello ci staranno già aspettando in pizzeria.»

Stavo aprendo la porta, quando sentii una mano di Andrea scivolarmi lungo la coscia.

«Ehi! Che fai?»

«Mi stavo solo accertando di cosa mi aspettasse al ritorno...»

Mi prese i fianchi, mi attirò a sé e mi baciò. «Mi fai impazzire, Elena!»

Quanto avrei voluto rimanere a casa, invece salimmo sull'auto di Andrea e raggiungemmo i miei amici.

Quando ci videro arrivare, Laura mi venne subito incontro,

mentre Fabio si limitò ad alzarsi dalla sedia del tavolo all'angolo dove ci stavano attendendo. Pensai che fosse soltanto una mia impressione, ma mi parve di notare il largo sorriso di Fabio spegnersi quando vide Andrea alle mie spalle.
Laura mi abbracciò, poi guardò il mio fidanzato, sorpresa.
«Pensavamo venissi sola, ma… è un piacere rivederti» disse in tono poco convinto, tendendo la mano ad Andrea. «Io sono Laura.»
«Piacere. Io sono Andrea, il fidanzato di Elena.»
La mia amica parve ancora più stupita.
«Non sapevo» balbettò, voltandosi verso il fratello. «Elena, non mi hai mai detto di avere un ragazzo!» mi rimproverò.
«Be', sì… tende a tenermi nascosto per paura che altre mi rapiscano… È una gelosona!»
«Come?» Laura era confusa.
«Andrea scherza sempre! È da poco, qualche giorno per la precisione, che stiamo insieme, per questo non ho ancora avuto modo di parlarti di noi…» spiegai.
«Ah, ok, ma poi voglio sapere tutto! Raggiungiamo Fabio, altrimenti si sente escluso.»
Arrivati al tavolo all'angolo, presentai Andrea al mio amico, il quale mi sembrò accoglierlo in maniera fredda e alquanto scocciato. Non capivo il motivo di quel suo comportamento, ma decisi di non dargli molto peso, perché magari era solo dovuto al fatto che non si aspettava un estraneo alla nostra festa.
«Fabio, che piacere rivederti. Come stai?» esclamò Andrea.
Ora ero io quella sorpresa. «Ma vi conoscete già?»
«Certo. Fabio ha fatto lo stage, un paio di anni fa, nel mio studio.»
«Com'è piccolo il mondo!» intervenne la mia amica. «Così è lei quell'Andrea di cui mio fratello parlava sempre quando tornava a casa!» Notai delusione, o preoccupazione, nel tono della sua voce. Continuavo a non comprendere lo strano atteggiamento dei miei due amici.

Ci sedemmo per l'aperitivo, cercando ciascuno di sembrare disinvolto, ma era palese che ci fosse qualcosa che non andava... Qualcosa che tutti sapevano, tranne io.

Squillò il telefono di Andrea. Lo estrasse dalla tasca, guardò lo schermo e assunse un'espressione seria. «Scusate. È una chiamata importante. Devo necessariamente rispondere. Torno subito.» Si alzò e si diresse verso l'uscita, mentre lo seguivo con lo sguardo.

«Devi lasciarlo!» proruppe Fabio.

Mi voltai di scatto verso di lui. «Come hai detto, scusa?» chiesi.

«Dico sul serio, Elena. Non è l'uomo che pensi. Devi lasciarlo! Non fa per te.»

«Ma cosa stai dicendo? Che Andrea non ti piaccia mi è stato chiaro fin dal primo momento, ma il fatto che non ti stia simpatico non ti dà alcun diritto di dirmi ciò che devo o non devo fare!» risposi arrabbiata.

«Non prendertela, Elena. Fabio ha ragione. Se Andrea è *quell'Andrea* di cui mi parlava durante il periodo dello stage, non è un uomo per te» intervenne Laura.

«Ah, sì? E, scusate, quale sarebbe l'uomo che fa per me? Ditemelo, perché, a quanto pare, io non sono in grado di saperlo!»

«È stato con molte donne... Non so con quante l'ho visto uscire nei tre mesi in cui ho lavorato per lui...»

«Il passato è passato! Le persone camb...» non riuscii a finire la frase perché Fabio mi interruppe.

«Hai già conosciuto suo figlio?»

Questa domanda mi colpì come un pugno allo stomaco.

«Cosa dici? Quale figlio?»

Fabio sorrise, vedendo che aveva colto nel segno. Stava per spiegarmi, quando sentii alle mie spalle: «Eccomi qui. Scusate ancora, ma dovevo proprio rispondere. Ehi, cos'è successo mentre non c'ero? Avete tutti una faccia...».

«Nulla» rispose prontamente Laura. «Mio fratello e io abbiamo appena finito di bisticciare, come spesso capita, sul consueto programma che Elena e io abbiamo per domani: è il solito guastafeste e ha tentato di impedirci lo shopping, asserendo che il mio armadio tra un po' scoppia.»

Andrea parve poco convinto di quella spiegazione assurda. Notai che mi stava osservando, ma io non riuscivo a dire nulla. Avevo lo sguardo fisso davanti a me e mi ripetevo nella mente che non poteva essere vero. Andrea non poteva avermi tenuto nascosta l'esistenza di un figlio!

"Non può ritenermi solo l'ultima, ennesima conquista…"

«Elena! Elena!» mi stava chiamando, ma ero talmente sconvolta da non averlo notato. «Stai bene?» mi domandò.

«No, scusa. Voglio tornare a casa» risposi.

«Elena, non fare così… Vuoi che ti accompagni io?» si propose Laura.

«Sei gentile, ma ci sono io» replicò Andrea. «Mi sembra abbiate già fatto abbastanza per stasera.»

«*Noi*? Seriamente credi che la colpa sia la *nostra*?» intervenne Fabio.

«Basta!» urlai. «Per favore, smettetela! Sono venuta con Andrea e con lui torno.» Poi guardai la mia amica. «Scusami, Laura, ma per quest'anno abbiamo festeggiato il mio compleanno a sufficienza. Domani preferisco andare al lavoro: c'è sempre tanta gente il sabato e Katia sarà felice di mandare a monte il giorno di permesso che le avevo chiesto.»

Detto questo, ringraziai i due e mi diressi all'auto con quello che avevo creduto essere il mio uomo. Mi aprì la portiera, la richiuse, salì e mise in moto diretto verso casa mia.

«Cos'è successo? Sei sconvolta! Troppo per una semplice discussione tra fratelli» si informò subito.

Non riuscii più a trattenermi, dovevo sapere. «Hai un figlio?»

Rimase sorpreso e ammutolito.

«Rispondi! Hai un figlio?» incalzai.

Sentendosi scoperto, rispose: «Chi te l'ha detto? Fabio?».

«È vero?»

«Sì» ammise laconico.

Sentirlo da lui faceva ancora più male. La delusione fu tale che lasciò spazio alle lacrime.

«Perché non me l'hai detto? Sono come tutte le altre donne che hai avuto? Un'avventura? Una storiella, per tenermi all'oscuro di una cosa così importante? Pensavi di lasciarmi prima che valesse la pena di dirmi che sei papà e di presentarmi tuo figlio?» gridai disperata.

«Non è come credi» cercò di difendersi.

«Ah no? E allora com'è? Spiegamelo!»

Rimase in silenzio.

«Accosta!» ordinai.

«Elena, calmati...» disse con dolcezza.

«Accosta, ti ho detto! Voglio scendere!» ripetei decisa.

Lui si fermò. Repentinamente scesi sbattendo la portiera.

«Aspetta! Elena, ti prego, aspetta!» urlò inseguendomi. «Vuoi davvero sapere perché non te l'ho detto?»

Mi girai con gli occhi rossi. Annuii.

«Allora risali in macchina e vieni con me» disse serio.

Lo guardai, delusa e arrabbiata.

«Sali» ripeté.

Feci come mi disse. Per tutto il tragitto restammo in silenzio.

6

L'abitazione di Andrea non era molto distante dalla mia frazione, bisognava percorrere un paio di chilometri scarsi. Arrivammo davanti a un cancello al di là del quale si intravedeva un lungo viale terminante davanti a un'enorme villa ottocentesca.

Rimasi a bocca aperta. Andrea viveva lì?

Parcheggiò davanti alla porta principale. L'esterno della villa era illuminato da lampioni.

«Sei pronta?» mi chiese.

Feci cenno di sì con la testa.

«Ok, allora andiamo.»

Scendemmo dalla vettura. Andrea mi venne accanto e mi prese per mano. Non rifiutai quel gesto. La rabbia e la delusione provate in pizzeria erano svanite nel momento in cui lui si era deciso a darmi una spiegazione per il suo comportamento.

Entrammo in casa. Accese la luce. Nell'ampio ingresso mi si presentò innanzi un'enorme scalinata e una casa che avevo visto solo nei film: lampadari giganteschi, ritratti alle pareti, rosoni sul pavimento di marmo. Tutto d'un tratto mi sentii lontana, fuori luogo, a disagio. Andrea doveva aver capito il mio stato d'animo, perché mi strinse ancor più forte la mano e, mantenendo un'aria preoccupata, cercò comunque di sorridermi e mi sussurrò dolcemente: «Tranquilla. È una casa come un'altra».

«Sì» bisbigliai, poco convinta.

«Leonardo è di sopra. Starà dormendo ora, ma voglio comunque che tu lo veda. Sei pronta?»

«Sì» ripetei. Dedussi che Leonardo fosse il figlio.

Salimmo la scala. Notai un montascale accanto al corrimano.

Arrivati al primo piano, camminammo per un largo corridoio fino a una porta bianca. Fermandosi, Andrea si mise l'indice sulle labbra per dirmi di non parlare, per non svegliare il bambino.

Socchiuse la porta. Una fioca luce, proveniente da una lampada posta sul comodino, illuminava una tipica cameretta: peluches su una cassapanca bianca, una libreria piena di libri per bambini, una scrivania con un computer (inspiegabilmente senza una sedia davanti), bauli porta-giocattoli e un armadio. Nessun tappeto, però. "Strano per una stanza da bambini" pensai.

Spostai lo sguardo al lato opposto del comodino dove la lampada era accesa e quasi il cuore mi si fermò: una sedia a rotelle giaceva aperta accanto al letto del bambino.

Andrea si accorse della direzione verso cui era rivolto il mio sguardo. Stava per dire qualcosa, quando una voce chiamò: «Papà. Papà sei tu?».

Evidentemente la luce proveniente dal corridoio lo aveva svegliato.

«Sì. Sì, campione, sono io» rispose l'uomo avvicinandosi al letto.

«Mi abbracci, papà?» chiese il piccolo.

Il padre si chinò e io richiusi piano la porta per non disturbare e lasciare che i due condividessero quel momento di familiarità senza la mia presenza.

Attesi in corridoio che Andrea salutasse e desse la buonanotte al proprio bambino. Intanto cercai di fare mente locale su ciò che avevo visto in quella cameretta: Leonardo era malato? Ecco il perché dell'assenza della sedia alla scrivania e di tappeti: erano d'impaccio alla carrozzina.

"È per questo che Andrea non mi ha parlato di lui? Pensa che non l'accetti? Ma come può credermi tanto superficiale? Ma no, mi sto sbagliando…" Dovevo dare un freno ai miei pensieri e attendere con calma una spiegazione.

Dopo una decina di minuti, la porta si riaprì. Andrea si mise nuovamente l'indice sulle labbra, poi bisbigliò: «Leonardo si è riaddormentato. Vieni. Andiamo giù così ti dirò tutto».

Mi prese ancora la mano. Mi pareva tremasse. Gliela strinsi forte e, mentre scendevamo le scale, mi fermai. Lui era un gradino più in basso rispetto al mio, si voltò con aria triste e interrogativa allo stesso tempo. Non dissi nulla. Semplicemente lo abbracciai forte.

Inizialmente sorpreso dal mio gesto, iniziò poi a stringermi a sé. «Ti amo. Resta con me» sussurrò al mio orecchio.

Cinque brevi semplici parole che arrivarono dritte al cuore.

Poi, tenendomi sempre per mano, come se temesse che io potessi scappare, mi condusse nell'enorme salotto.

Non riuscivo a guardarmi attorno: la mia attenzione era tutta rivolta ad Andrea.

Mi lasciò la mano e cominciò a camminare avanti e indietro, irrequieto, con la testa bassa, quasi cercasse le parole ma, avendo tanto da dirmi, non sapesse da dove iniziare.

Improvvisamente si fermò a pochi passi da me. Alzò lo sguardo e mi fissò. Quegli occhi racchiudevano, in quel momento, tutta la tristezza, dolcezza, malinconia e tormento che provava. Erano occhi profondi di un uomo che aveva sofferto.

«Leonardo ha sei anni e, come hai potuto notare poco fa, è costretto su una sedia a rotelle.» Fece una pausa. «All'età di tre anni gli è stata amputata una gamba a seguito di un terribile incidente stradale.»

Quella notizia mi colpì: così piccolo e già costretto a tanta sofferenza!

Mi sedetti sul divano atterrita.

«A quanto pare, sua madre era in auto con lui e un ragazzo risultato poi positivo al test dell'alcol e della droga.» Mi guardò con aria pentita, poi proseguì: «Non te lo nascondo, Elena, ho avuto molte donne in passato, ma erano relazioni che duravano poco: loro erano in cerca di ricchezza economica o volevano solo "divertirsi" con me e, lo riconosco, io con loro… Erano solo corpi, non mi sono mai innamorato di nessuna donna… fino a quando sei arrivata tu».

Un'altra pausa. Sembrava voler riordinare le idee.

«Ho conosciuto Alina sette anni fa, in un bar. Lei lavorava dietro al bancone. Aveva quasi vent'anni, io trentatré. Fu lei a fare il primo passo chiedendomi di vederci il mattino dopo… La sera era già nel mio letto… È durata un paio di mesi, poi l'ho trovata con un altro…»

«Mi dispiace» dissi.

Sorrise ironico. «A me no. Fisicamente era una bella ragazza, ma sapevo già, fin dall'inizio, che non ero l'unico uomo con cui andava… Ci divertivamo.» Tornò serio. «Ti starò deludendo, vero?»

«Il tuo passato è passato. Io ho conosciuto un Andrea diverso da quello di cui mi stai raccontando ora.»

«Ma ero sempre io. Però tu mi hai fatto cambiare. Fin dal primo istante in cui ti ho vista, ho capito subito che eri quella donna che ho sempre cercato e mai trovato.»

«Tu eri anche quello, è vero. Ma ora non lo sei più. Per me è questo che conta» ribattei.

«Già. Vorrei solo averti conosciuta prima…» Sospirò. «Cacciai Alina e continuai la mia vita senza che il suo tradimento mi toccasse. Non la vidi più, fino a tre anni fa, quando venne a bussare alla mia porta e mi disse che Leonardo era mio figlio e dovevo prendermene cura, perché lei "di un bimbo senza gamba e senza futuro, non sapeva che farsene"… Queste furono le sue parole. Una madre! È possibile definire *madre* una donna del genere? Mi raccontò brevemente dell'incidente e mi disse chiaro e tondo che non voleva più saperne di Leonardo. Firmò una carta in cui rinunciava definitivamente a lui e lo affidava per sempre a suo padre: a me. Poi, così come era tornata, sparì. Mai una lettera. Non una telefonata per avere notizie. Nulla.»

«È terribile! Povero piccolo, chissà come gli sarà mancata!»
Scosse il capo. «Probabilmente Alina non era mai stata una
mamma molto presente né amorevole nemmeno prima… O
comunque non l'ha mai trattato bene… Lui non mi ha mai
chiesto di lei.»

«Com'è possibile?» chiesi stupita.

«Sembrava incredibile anche a me. Leonardo fin da subito mi
si è affezionato, pur non avendomi mai visto prima. Ammetto
che ero stato colto alla sprovvista e non sapevo come comportarmi con lui. Non avevo altri figli e Leonardo, per di più,
aveva sopportato traumi difficili da superare…»

«Capisco… In fondo eri un estraneo per lui…»

«Sì, ma l'ho amato dal primo momento. Ho accolto le sue
paure e fragilità senza fargliele pesare, comportandomi normalmente, come un qualsiasi padre farebbe con il proprio figlio.» Poi tacque. Continuava a fissarmi intensamente. «Sai,
non è nemmeno veramente mio figlio…» confessò. «Come ti
ho detto, Alina aveva relazioni con più uomini contemporaneamente, così ho fatto il test del DNA ed è risultato negativo.»

In quel preciso istante, amai Andrea ancor di più. Aveva accolto nella sua vita un bambino con una situazione non semplice, pur sapendo che non era suo.

«Pensi che lei sapesse che non era tuo? Perché l'ha lasciato a
te?»

«Ovvio. Ero quello più ricco e più "sano": non fumo, non
bevo e non mi drogo. Evidentemente, Alina ha pensato che,
al contrario degli altri suoi amanti, io potessi pagare un istituto
dove lasciare il piccolo senza chiedere neppure un euro a lei,
come avrebbero fatto il vero padre o gli altri.»

«Ma non l'hai fatto… Non hai abbandonato Leonardo in un
istituto…» constatai.

Di nuovo scosse la testa. «No, non mi è mai passato per la
mente di portarlo in un ospedale o in un centro. Credo che

anche lui abbia diritto a crescere in una casa, con una famiglia, di essere amato e sereno: è stato sfortunato, ma è un bambino come tutti gli altri!»

«Hai fatto la scelta più giusta e umana.»

Sorrise. Si voltò e si affacciò all'enorme finestra fissando il buio fuori. Poi riprese: «Ho avuto molte ragazze anche dopo l'arrivo di Leonardo nella mia vita... Tutte molto "innamorate" di me, disposte, a detta loro, a fare di tutto pur di stare con me... Questo dicevano quando le portavo fuori a pranzo o a cena o quando eravamo a letto... Poi, quando arrivava il momento in cui facevo conoscer loro Leonardo, cambiavano: lo guardavano quasi inorridite e la prima cosa che mi dicevano era: "Poverino! Dovresti cercare un buon istituto che se ne prenda cura".» Riportò queste ultime parole con rabbia e disprezzo. «Tra loro, c'era chi aveva il tatto di darmi questo prezioso consiglio appena rimanevamo soli, altre non avevano nemmeno l'accortezza di aspettare e lo dicevano con Leonardo presente! Come se non avere una gamba, per loro, equivalesse a non avere sentimenti!»

Si voltò di scatto. Mi guardò dritto negli occhi. Venne davanti a me e, prendendomi per la vita, con espressione seria e tormentata allo stesso tempo, mi supplicò. «Dimmi che resterai, Elena. Dimmi che non mi lascerai nonostante tutto questo.»

«Mai, a meno che non sia tu a dirmi di andarmene.»

«E accetterai Leonardo?» chiese speranzoso.

«Certo che sì! Vuoi la verità?»

Annuì.

«Non ti avrei perdonato se avessi saputo che avevi seguito il consiglio che tutte ti hanno dato. Tu sei suo papà, Andrea, non importa se biologico o meno. Tu lo ami e lui ama te. Non serve nient'altro per essere padre.»

Mi strinse ancora di più e, per la prima volta, sentii le sue lacrime perdersi tra i miei capelli.

Aspettai che si calmasse, tenendolo tra le braccia.

«È meglio che vada ora» dissi, quando vidi che aveva ripreso il controllo.

«Fermati qui. Rimani con me stanotte.»

Avrei tanto voluto ascoltarlo…

«Non credo sia giusto farmi trovare, all'improvviso, domani mattina, in casa tua da Leonardo… Così, senza averlo nemmeno avvisato della mia esistenza.»

«Ti riaccompagnerò a casa prima che si svegli» propose.

Ci pensai un attimo. «Va bene, allora, resto.»

Desideravo quell'uomo! Anch'io volevo trascorrere la notte stretta a lui, vivendolo e lasciandomi vivere. Cogliendomi di sorpresa, mi prese in braccio. Gli strinsi le braccia al collo e, baciandoci, mi condusse nella sua stanza. Non accese la luce. I raggi della luna illuminavano la camera. Ci togliemmo i vestiti e lasciammo che il chiarore della luna si riflettesse sui nostri nudi corpi stretti in un caldo abbraccio.

Distesi sul letto, avvertivo l'urgenza di sentirlo in me. Profondi sospiri e gemiti riempivano il silenzio che ci avvolgeva. Respiravo la sua pelle, assaporavo le sue lacrime, godevo del tepore del suo corpo a contatto col mio… Quando le nostre essenze si confusero, i nostri corpi non erano ancora sazi l'uno dell'altra e rimanemmo così, abbracciati, ad aspettare il nascere del nuovo giorno.

All'alba ci rivestimmo e, come promesso, attenti a non fare rumore, uscimmo dalla camera da letto, lasciammo la villa e salimmo in auto per raggiungere casa mia.

Andrea parcheggiò la macchina proprio di fronte alla porta.

Aprii la portiera. Lui appoggiò delicatamente la sua mano sul mio braccio e mi trattenne.

«Aspetta!» disse. «Elena, ho bisogno che tu me lo dica ancora… dimmi che sarai mia per sempre.»

Sorrisi e posai quel mio sorriso sulle sue labbra in modo che lo accompagnasse per l'intera giornata.

«Starò con te, amore, finché avrò respiro» sussurrai.

Scesi dall'auto ed entrai in casa. In quel momento, sola, mi resi veramente conto di quanto poco sapessi di Andrea e presi coscienza di quanto lo amassi ancora di più adesso che mi aveva aperto totalmente il cuore e aveva condiviso con me la sua realtà.

La sveglia suonò come ogni mattina. Andai in camera. La spensi, presi degli abiti puliti, andai a farmi una doccia veloce e corsi al lavoro.

Mancavano pochi minuti all'apertura. Avevo avvisato Katia che quel giorno, che avevo chiesto di riposo, sarei invece andata normalmente al lavoro, visto che il programma con Laura era saltato.

Aprii in fretta, prima dell'arrivo dei clienti, per avere il tempo di accendere la cassa e dare una pulita al pavimento.

Katia telefonò per avvisarmi che sarebbe arrivata con un paio d'ore di ritardo: si era verificato un guasto alla caldaia e stava aspettando l'idraulico.

«Per fortuna, Elena, ci sei tu!» disse chiudendo la telefonata.

Fu una mattinata tranquilla per essere sabato. I clienti acquistarono perlopiù vasi già confezionati, che non necessitavano di alcuna preparazione.

Alla chiusura per la pausa pranzo, Andrea venne al negozio e mi invitò a mangiare con lui alla piadineria dove andava di solito.

«Hai passato bene la notte?» scherzò.

Ero felice di ritrovare quell'Andrea che adorava prendermi in giro.

«Meravigliosamente!» risposi.

«Speriamo tu possa trascorrerne tante altre allo stesso modo, allora… Che ne dici di cominciare da stasera?» Rise.

Gli diedi un calcio sotto il tavolo.

«Ti piacerebbe, eh?» domandai stando al gioco.

«Non immagini quanto! Se poi pensi che oggi è sabato e domani non si lavora, potremmo prolungare questa notte fino al lunedì mattina…»

«Wow! Che idea grandiosa!»

«Lo so, lo penso pure io. Allora stasera passo a prenderti, ceniamo fuori e… Qualcosa non va?» chiese, vedendomi seria.

«No, stavo solo pensando che la *mia* idea è più grandiosa.»

«Scusa, ma mi è sfuggita…».

«Non te l'ho ancora detta… Per forza ti è sfuggita» osservai.

«Illuminami.»

«Stavo pensando che dopo il lavoro, potremmo andare direttamente da te…»

«Ah, birichina! Vuoi saltare tutti i preliminari e andare direttamente al sodo… Il che sarebbe meraviglioso, ma… ecco… vedi, il fatto è che io ho bisogno di forze per reggere per un giorno e mezzo… Sai, ho una certa età, bella birbantella!»

Risi a quel nomignolo.

«Ma è mai possibile che non riesci a essere serio per più di dieci minuti?»

«Sono serissimo.»

Sbuffai.

«So che non è educazione autoinvitarsi a casa d'altri, ma stavo pensando che, magari, potremmo mangiare una pizza da te, così da conoscere Leonardo, e poi trascorrere la domenica tutti e tre insieme.»

Mi guardò per un istante. «Sicura di volerlo? Ieri non te l'ho detto, ma mio figlio non è mai stato molto socievole con le ragazze che gli presentavo…»

«Correrò il rischio. Prima o poi voglio incontrarlo e, visto che è una parte fondamentale della tua vita, vorrei conoscerlo presto.» Riflettei un attimo. «Se ci pensi, non gli si può dare torto per il suo comportamento, visto che si è sentito praticamente rifiutato al primo sguardo dalle altre tue donne… Credo che il suo sia un modo per difendersi dalle delusioni e da altre possibili sofferenze.»

«Sì, lo penso anch'io.»

Stabilimmo che Andrea sarebbe passato a prendermi a casa

un'oretta dopo la chiusura del negozio e che avremmo preso le pizze lungo la strada.

Mentre mi preparavo, venni colta dal dubbio su cosa indossare per l'occasione: comodo o elegante?

Alla fine decisi: dovevo presentarmi a Leonardo per quella che ero, non dovevo cercare di fare colpo su di lui, di impressionarlo. Dovevo semplicemente essere me stessa, mostrarmi nella quotidianità. Per la gioia di Andrea, optai per un paio di jeans e una felpa con scarpe da ginnastica.

Quando suonò il campanello, aprii e gli stampai un bacio sulle labbra. «Sono pronta. Andiamo!» dissi e salii in auto.

Lui rimase impalato, sorpreso dal mio entusiasmo, poi mi raggiunse.

«Vedo che hai indossato il tuo abito migliore per l'occasione.» Rise.

«Spiritosone! Voglio che tuo figlio mi veda e possa accettarmi per come sono tutti i giorni. Non voglio illuderlo per poi deluderlo, mostrandomi diversamente.»

«Inutile. Non ce la fai...» asserì lanciandomi un'occhiata furba.

«A fare che?»

«A non essere sexy.»

«Mi stai prendendo in giro?» Finsi di essere arrabbiata.

«Affatto! Sei *tremendamente* sexy, Elena. Lo saresti anche con un sacco addosso. L'ho pensato dal primo momento in cui ti ho vista.»

«Ah, intendi quando mi hai scambiata per un ragazzo?»

Scoppiò in una risata fragorosa. «Posso svelarti un segreto?»

«Spara!»

«Sapevo già che eri una ragazza e non un ragazzo.»

«Come? Come facevi a saperlo?» Nello stesso istante in cui lo chiesi, ebbi un'illuminazione: il contratto!

«Esatto. Quello che stai pensando. Il contratto. In più, ero passato un paio di giorni prima e ti avevo intravista nella serra intenta a spostare vasi…»

«Aspetta. Aspetta. Allora quando mi hai chiamata *ragazzo* quel giorno l'hai fatto apposta per farmi arrabbiare?» Ero allibita.

«Già» ammise candidamente lui.

«Ma io non ho parole!»

«Io sì: ho tanta fame e dobbiamo ancora prenotare e passare a ritirare le pizze… Forse è meglio se diciamo a Leonardo che è colpa mia se arriviamo in ritardo.»

«Ma *è* colpa tua» sottolineai.

Andrea andò a prendere la nostra cena, io l'aspettai in auto. Quando arrivò notai che le pizze erano quattro e non tre.

«Una mia anziana zia vive con noi e si prende cura di Leonardo durante la mia assenza… Inizialmente anche lei mi aveva consigliato di non tenerlo a casa, ma, quando si scontrò con la mia determinazione a non affidarlo a un istituto o a mani sconosciute, decise di sostenermi e di aiutarmi nella crescita del nipotino.»

«Non me l'avevi detto.»

«È un problema? Ci hai ripensato?» mi domandò, preoccupato.

«No, no, anzi sono contenta di conoscere entrambi» lo rassicurai.

Arrivammo alla villa.

«Papà! Papà!» Una voce di bimbo ci accolse appena entrati in casa.

Andrea corse a salutare il figlio. «*Ehilà*, campione! Com'è andata oggi? Cos'hai fatto di bello?»

«Ho disegnato e guardato un po' la TV con la zia» rispose.

«Bravissimo! Adesso lascia che ti presenti una persona.»

Così dicendo, avvicinò la sedia a rotelle alla porta dove io aspettavo.

«Leonardo, lei è Elena. Elena, lui è mio figlio, Leonardo» ci presentò.

«Piacere, Leonardo» dissi, piegando le gambe per guardarlo in viso e porgergli la mano.

«Sei la nuova fidanzata di papà?» chiese distaccato il bambino, che non pareva affatto contento dell'intrusione.

Guardai Andrea per capire cosa dovevo rispondere, lui annuì col capo.

«Sì,» risposi «sono la sua fidanzata.»

«Per quanto?» ribatté pronto il piccolo.

«Per quanto cosa, scusami?»

«Per quanto sarai la sua ragazza… Una settimana? Un mese?»

Rimasi spiazzata dal cinismo presente in un bimbo così piccolo. Fortunatamente, mi venne in aiuto Andrea: «Per sempre… E ora si mangia! La pizza si raffredda!».

Spinse la sedia a rotelle in un'altra stanza dove, seduta a tavola, c'era un'anziana donna. Notai che la tavola era apparecchiata per sole tre persone: evidentemente, non era stato avvisato nessuno della mia presenza a cena… o almeno così pensai.

Anche Andrea vide i tre posti. «Zia! Ti avevo avvertita nel primo pomeriggio per telefono che stasera sarei venuto con Elena!»

«Dev'essermi passato di mente, caro… Sai, l'età» rispose la donna con tono poco convincente, come se, in realtà, l'avesse fatto di proposito.

«Lasciamo stare!» tagliò corto Andrea. «Elena, questa è mia zia Elide. Zia, lei è la mia ragazza, Elena… Scusate, vado in cucina a prendere bicchiere, piatto e posate. Torno subito. Intanto accomodatevi e cominciate a mangiare altrimenti si raffredda.»

Scomparve in corridoio.

Dopo qualche minuto di imbarazzante silenzio, dissi: «È un piacere conoscerla, signora Elide. Andrea mi ha raccontato che vive qui e si prende cura di questo bellissimo bambino… ».

«Non sono *bellissimo!*» protestò lui.

Notai un sorriso strano sul volto di Elide quando Leonardo mi rispose con tono sgarbato, così come constatai che non lo smentì, come mi sarei aspettata facesse una zia per infondere autostima al nipotino. Lo feci io.

«Perché dici così? Sei uno splendido bambino, invece.»

«Dici così solo perché vai con mio papà!»

Andrea rientrò in quel momento con tutto l'occorrente.

«Di cosa state parlando?» chiese, mentre aggiungeva un posto a tavola.

«Nulla» intervenne prontamente Elide. «Leonardo si chiedeva dove fossi finito» mentì.

Ero confusa da quei comportamenti.

Iniziammo a mangiare.

«Con le presentazioni, stasera la cena è fredda» constatò stizzita Elide, come se volesse addossare a me la colpa.

Leonardo alzò lo sguardo su di me. «Quante cene ti farai offrire da mio papà? O regali, prima di lasciarlo? Perché, sai, io non voglio andare in un istituto...» Non feci in tempo a rispondere. «Forse, prima delle cene, sarebbe bello se ti facessi regalare degli abiti...»

A Elide scappò una risatina, come se trovasse divertente la cattiveria in un bambino così piccolo. Rimasi in silenzio, con gli occhi bassi.

«Leonardo, basta!» Andrea si alzò di scatto. «Chiedi subito scusa!»

«Lascialo stare, poverino, è solo un bimbo» s'intromise l'anziana donna.

«Zia, non t'immischiare! Leonardo è un bambino, ma questo non gli dà il diritto di essere maleducato!»

«Scusate,» dissi alzandomi «forse è meglio che torni a casa. È stato un piacere conoscervi e vi ringrazio per la pizza.»

Andai in corridoio. Andrea mi stava per raggiungere quando, voltandomi, notai, nell'angolo della stanza adibita a biblioteca,

un pianoforte. D'istinto, mi avviai verso quel locale e verso quello strumento. Era stupendo! Un bellissimo pianoforte a coda nero con, davanti, uno sgabello a due posti con il cuscino di velluto bordeaux. Mi avvicinai, lo accarezzai, mi sedetti e, girandomi verso Andrea, che mi aveva raggiunta e mi guardava incuriosito, chiesi: «Posso?».
Lui annuì.
Alzai il coperchio chiuso sui tasti e iniziai a suonare. Le dita, dapprima incerte per la lunga assenza di esercizio, presero a muoversi con disinvoltura, fluide e sicure.
Non leggevo lo spartito. La melodia, *Nuvole bianche* di Einaudi (tra le mie preferite), riaffiorava da ricordi lontani, quando, da adolescente, studiavo al Conservatorio e passavo ore e ore rapita dal dolcissimo suono di quello strumento. Chiusi gli occhi e lasciai che la musica mi trascinasse in un mondo fatto di emozioni e sensazioni… Quando li riaprii, mi colse un senso di sollievo.
Un applauso interruppe l'incantesimo nel quale ero caduta. Mi girai e vidi Andrea che mi osservava con occhi lucidi. Accanto a lui, a bocca aperta, c'erano Leonardo ed Elide.
«Eccezionale! Fantastica! Ma dove hai imparato?» chiese Andrea.
«Ho studiato pianoforte per nove anni al Conservatorio» spiegai.
Il bambino continuava a fissarmi, ma non c'era astio o rancore nella sua espressione, solo stupore. Mi alzai e mi avvicinai a lui.
«Vuoi provare a suonarlo anche tu?» domandai.
«Non ne sono capace» ammise.
«Non lo sa suonare» s'intromise l'anziana zia.
Finsi di non aver sentito il suo intervento. «Ti aiuto io» gli dissi. «Vieni. Non è difficile come può sembrare.»
Spinsi la sedia a rotelle fino al pianoforte, presi tra le braccia il bimbo, sorpreso da quel mio gesto, e, delicatamente, lo feci

sedere sullo sgabello. Infine, mi accomodai accanto a lui.

Posai le dita sui tasti e invitai Leonardo a fare lo stesso. Gli spiegai le note e gli feci ascoltare il suono di ognuno di essi. Poi, gli dissi di provare a suonare, a suo piacimento, dei tasti a caso, scelti da lui, per cominciare a prendere confidenza con lo strumento.

Bastarono pochi minuti e il bambino venne letteralmente conquistato dal pianoforte.

«Wow! Sei bravissimo!» notai entusiasta.

Il bambino mi guardò sospettoso e, timidamente, mi chiese: «Dici davvero? Non lo dici perché…».

«No, non lo dico perché vado con tuo papà» lo interruppi ridendo. «Lo dico perché lo penso veramente.»

Lui arrossì. «Grazie» sussurrò.

Andrea ci raggiunse.

«Hai talento, campione!»

Con la coda dell'occhio notai Elide, infastidita, lasciare la stanza. Per un istante mi domandai il motivo per il quale non riuscisse a condividere con noi quell'entusiasmo… "Forse" pensai "non accetta che possa avere qualcosa in comune con Leonardo o da insegnargli. È gelosa."

Decisi di non darle peso, tanto avrei solo potuto fare supposizioni che non avrebbero comunque trovato conferma o smentita nell'immediato.

«Se ti va, posso insegnarti a suonare il pianoforte» proposi a Leonardo.

«Davvero lo faresti? Posso, papà? Posso?» domandò entusiasta.

«Certo! Se lo desideri, non vedo perché non potresti!»

«Grazie! Grazie!» disse abbracciando il genitore. «Quando iniziamo?» chiese, poi, rivolto a me.

«Quando vuoi. Io sono libera la sera e la domenica.»

«Domani puoi?» Avvertivo una leggera ansia e il timore di ricevere un mio rifiuto.

«Sicuro! Domani è domenica. Se ti va, possiamo passare anche tutta la giornata al pianoforte!» promisi.

Andrea sorrise. «E ora, campione, si va a nanna! È tardi» constatò.

«Va bene» concordò il bambino mentre veniva preso tra le braccia dal padre.

«Torno subito, Elena. Accompagno Leonardo in cameretta e poi ti raggiungo.»

Annuii.

«Papà, aspetta!» gridò il bimbo, già sulla porta. Poi si voltò.

«Elena, scusa… Non sei come le altre morose del papà!»

Gli sorrisi. «Grazie, piccolo, sono felice che lo pensi. Buonanotte, dormi bene e fai tanti sogni d'oro.»

Contraccambiò il sorriso. Li guardai uscire. Era bello vederli insieme.

Mentre aspettavo che Andrea tornasse, ricomparve Elide.

«Ebbene? Cosa credi di fare?» proruppe.

«Non capisco» ribattei perplessa.

«*Non capisci*, eh? Non vedi in che stato si trova il bambino? Non vedi che gli manca una gamba? Sei cieca o sciocca?»

«Mi scusi, ma cosa c'entra tutto questo? Leonardo può comunque suonare, se lo desidera…»

«Non pensarci, bella!» mi interruppe. «Tanto mio nipote si stancherà presto anche di te, come ha fatto con le altre, perciò io, fossi in te, non mi affezionerei molto al figlio» concluse andandosene.

Ero basita e confusa. "Perché tanta cattiveria nei miei confronti? Non mi conosce! E, soprattutto, perché impedire a un bambino di provare a fare qualcosa che desidera? No, non sarò certamente io a negarglielo."

Appena Andrea fu di ritorno, gli parlai della strana conversazione avuta con la zia.

«Non so il motivo per cui si sia comportata così… Forse teme che Leonardo rimanga deluso, come in passato. Probabilmente pensa che tu sia come le altre… Le parlerò.»

«No, non importa. Non mi pare di esserle tanto simpatica. Magari, col tempo, conoscendomi di più, cambierà idea.»

«Come preferisci.» Sospirò. «Non è stata una serata facile per te, vero? Mi dispiace. Sono stati entrambi terribili!»

«Non fa nulla.» Passate la rabbia e la delusione, risi.

«C'è poco da ridere… Ti hanno bullizzata!»

«Rido perché quel bambino è proprio tuo figlio!»

«Perché?»

«Mi ha suggerito di farmi comprare degli abiti…» ricordai.

«Hai ragione!» Scoppiò a ridere pure lui.

«Proprio tutto suo padre!»

«Tu sei meravigliosa sempre, qualsiasi cosa indossi! A volte sono convinto che tu mi abbia stregato! Anche se…» s'interruppe e si avvicinò.

«Anche se?»

«Anche se, pensandoci bene, io ti preferisco… nuda» bisbigliò al mio orecchio.

«Non avevo dubbi su questo, sai?»

Ridemmo di cuore.

«E ora, strega, vieni qui» disse prendendomi in braccio. «Bisogna trasformare la brutta serata in un piacevole ricordo» affermò malizioso, per poi baciarmi.

«Interessante…» dissi togliendogli la giacca e sbottonandogli la camicia.

«Sai che ti sei fatta più audace, rispetto all'inizio?»

«Ah sì? E ti dispiace?»

«Affatto! Anzi!» affermò convinto. «Però, forse è meglio se raggiungiamo la mia camera…»

Scossi il capo e andai a chiudere la porta della biblioteca a chiave. Poi, fissandolo, andai a sedermi sul bordo della scrivania in centro alla stanza.

«Si sta comodi anche qui, non credi?»

Mi regalò un sorriso furbo e si avvicinò. Mi sollevò le braccia e mi sfilò la felpa, mi baciò sul collo e scese via via sempre più giù. Mi slacciò il reggiseno e lo lanciò alle sue spalle. Il tocco delle sue labbra sul mio seno mi procurava un intenso piacere e desiderio.

Feci perdere le mie dita nei suoi capelli. In breve ci ritrovammo senza abiti. Cinsi il corpo di Andrea con le mie gambe e, trasportati dalla forte passione, ci vivemmo lì, circondati da scaffali di libri.

«Ti amo» mi sussurrò mentre lo abbracciavo e mi donava la parte di lui che sarebbe scorsa in me per sempre.

Usciti dalla biblioteca, risalimmo le scale cercando di non fare rumore per non svegliare Leonardo ed Elide, anche se sospettavo che l'anziana donna non stesse dormendo ma origliando, mentre eravamo in biblioteca. Aprendo la porta, infatti, mi era parso di scorgere un'ombra salire frettolosamente le scale e di vedere, una volta arrivata al piano di sopra, una porta che si richiudeva. Non dissi nulla ad Andrea, però capii che dovevo guardarmi bene da quella donna: non nutriva simpatia nei miei confronti e si comportava in modo strano.

La mattina mi svegliai nel letto di Andrea con il capo sul suo cuore. Il suo battito regolare mi donava un senso di pace. Lo osservai dormire per qualche minuto, constatando quanto fosse bello. Amavo quell'uomo. Mi faceva stare bene. Sfiorai le sue labbra con un bacio. Lui si mosse appena, poi aprì gli occhi.

«Buongiorno» bisbigliai.

Mi sorrise.

«Buongiorno.»

Scivolai sul suo corpo e, baciandolo, sussurrai: «Ho voglia di te!».

«Sì. Confermo. Sei decisamente diventata più audace... Stai superando il maestro.»

Con un gesto repentino, si mise sopra di me. Rispecchiando i suoi occhi nei miei, lentamente, con tenerezza, entrò in me, facendo cominciare quel nuovo giorno nel migliore dei modi.

7

Prima di colazione, chiesi ad Andrea di riaccompagnarmi a casa: avevo bisogno di una doccia e di abiti puliti e poi non volevo stravolgere improvvisamente la quotidianità di Leonardo, presentandomi a tavola già la mattina. Sarei andata da loro subito dopo colazione, per iniziare le lezioni di pianoforte, come promesso.

Quando tornai alla villa, il bambino urlò: «Visto che è arrivata?».

«Ne dubitavi? Non sarei mancata per nessun motivo al mondo!»

«Io no, ma la zia ripeteva che non saresti venuta!» ammise il piccolo.

La zia, ancora lei. Ancora a cercare di creare zizzania e screditarmi. Anche quella volta, decisi di lasciar correre, ma il comportamento di quella donna cominciava a infastidirmi: non mi conosceva, come poteva giudicarmi?

Leonardo era entusiasta della novità e, dovevo riconoscerlo, molto portato per la musica. Era curioso e imparava in fretta. Andrea assisteva facendo «da pubblico»; Elide, invece, si soffermava ogni tanto sulla porta lanciandomi occhiate fredde e cattive.

Dopo pranzo, Andrea, Leonardo e io decidemmo di andare a fare un giro in montagna.

L'anziana zia, per l'ennesima volta, pareva non gradire il nostro programma: a suo dire, la sedia a rotelle *non era per la montagna…*

Partimmo ugualmente e Leonardo era visibilmente felice di quella gita. Trascorremmo delle ore meravigliose. A turno, Andrea e io spingevamo la carrozzina per le strade irte; ovviamente non potevamo addentrarci nei sentieri per via dei grossi sassi e la vegetazione rigogliosa, ma il panorama, l'aria e la natura circostante regalavano comunque un'atmosfera e uno spettacolo unici!

Arrivammo a casa la sera, stanchi e affamati, ma contenti, e quella era la cosa più importante.

Mi fermai a mangiare. Leonardo era un fiume in piena nel raccontare, col sorriso sulle labbra, gli avvenimenti della giornata alla zia.

Andrea mi prese la mano e me la strinse forte, visibilmente commosso nel vedere il figlio così felice.

Tornai a casa subito dopo cena: la mattina seguente avrei dovuto lavorare in negozio e si era già fatto tardi.

«Verrai domani sera?» mi chiese il piccolo prima di salutarci.

«Leonardo, non essere insistente, la signorina sarà stanca dopo il lavoro...» disse Elide.

Lui parve deluso e mortificato.

«Ci sarò, campione! Contaci!»

«Suoneremo il pianoforte?» domandò tornando allegro.

«Certo!»

Mi regalò un sorriso spontaneo, di quelli che riscaldano il cuore.

Andrea stava per aprire la porta per accompagnarmi a casa, quando il figlio gridò: «Aspetta, papà!».

Timidamente allungò le braccia verso di me e mi chiese: «Elena, posso abbracciarti?».

Con gli occhi lucidi per la gioia e la sorpresa, gli corsi incontro e lo strinsi forte. Poi, dandogli un bacio sulla guancia, gli augurai la buonanotte.

Il lunedì ero sola in negozio: Katia aveva una visita di controllo. Era una mattinata abbastanza tranquilla, come lo erano sempre quelle a inizio settimana, quando non c'erano festività in vista.

Mentre stavo ultimando di sistemare delle composizioni, sentii entrare qualcuno. Alzai la testa e mi trovai davanti Fabio.

«Che sorpresa!» dissi.

«Hai tempo? Ti devo parlare.»

«Sto lavorando, ma, intanto che non ci sono clienti, farò la pausa caffè. Posso offrirtene uno? C'è il distributore accanto alla porta...»

«No, grazie. Non posso fermarmi tanto, devo tornare al lavoro.»

Sembrava agitato e a disagio.

«Allora, dimmi, perché sei passato?»

«L'hai lasciato?»

«Chi? Andrea?»

«Esatto! L'hai lasciato?» insistette.

«No.»

«Come no? Come fai a stare con uno così?» gridò.

Non mi piaceva per nulla questa sua aggressività e invadenza.

«Calmati, ok? Con chi sto, non è un problema tuo, chiaro?» Ero irritata da quel suo comportamento.

«Va con tutte! E il figlio? Che dici del fatto che te l'ha nascosto, eh?»

«Adesso basta!» affermai decisa. «Ripeto: non sono affari tuoi! Se hai finito di dirmi ciò per cui sei passato, puoi andartene!» Ero furiosa. Con quale diritto si intrometteva? E soprattutto con quel tono!

«Non venire a piangere da me, quando avrai aperto gli occhi o ti lascerà!» disse uscendo, sbattendo la porta.

Rimasi colpita dalla sua reazione. Non capivo perché se la prendesse tanto.

Passò un'oretta e squillò il telefono. Laura. "Ma tutti oggi?" pensai.

Risposi.

«Fabio è stato da te?» attaccò subito, senza nemmeno salutare, come il fratello.

«Ciao, Laura. Che piacere risentirti. Come stai? Sì, il tuo fratellino è stato qui...»

«Scusa, Elena. Hai ragione. Sono stata maleducata: non ti ho nemmeno salutata.»

«Figurati... Pare sia di famiglia ormai» constatai.

«Fabio è tornato sconvolto e arrabbiato e mi ha raccontato tutto... Mi dispiace, Elena, per come si è comportato. Gli ho detto che ha sbagliato ad aggredirti, ma, credimi, l'ha fatto perché ti vuole bene» spiegò.

«Credo di essere abbastanza grande per sapere con chi voglio stare. Non serve che qualcuno mi dica cosa devo o non devo fare.»

«Già, ma vedi, Elena, Fabio e io non sapevamo di Andrea, che foste fidanzati... Ci hai colto alla sprovvista...»

«E allora? Questo non vi dà il diritto di comportarvi come avete fatto l'altra sera e continuate a fare. Potreste, invece, tentare di essere felici per me...» proposi.

«Lo saremmo se non stessi con uomo con una quindicina d'anni in più di te, donnaiolo e con un figlio così...»

Nell'udire queste sue ultime parole mi sentii salire la rabbia.

«Hai finito anche tu, Laura? Ho di meglio da fare che ascoltare le tue stupide chiacchiere!» Stavo per riattaccare spazientita, quando la mia amica riprese a parlare.

«Scusa, Elena. La realtà è che mio fratello è sempre stato innamorato di te e tutti noi, nostra mamma compresa, speravamo potessi entrare a far parte della nostra famiglia... Quel venerdì, ha insistito a volersi unire a noi per festeggiare il tuo compleanno, perché si era finalmente deciso a chiederti un appuntamento per la domenica... E io ero ben felice di assecondarlo. Pensa alla nostra delusione, quando ti abbiamo vista con un altro... Con un uomo del genere, poi!»

Rimasi ammutolita. Cercai una sedia e mi accomodai per riprendermi.

«Ma vi rendete conto?» riuscii poi a dire. «Avevate fatto tutti i vostri progetti senza nemmeno interpellarmi o chiedermi cosa volessi io. È incredibile!»

«Elena…».

«Ti saluto, Laura!»

Riattaccai.

La sera raccontai l'accaduto ad Andrea, mentre in auto raggiungevamo casa sua.

«E, così, tutto l'astio nei miei confronti deriva da questo…»

«Non li avrei mai creduti capaci di gettare fango su una persona per arrivare a raggiungere un loro obiettivo!» sbottai.

Sorrise.

«Che c'è? Perché sorridi? A me viene una tale tristezza se ci penso…»

«Sorrido perché, in fondo, non era tutto fango quello che mi gettavano addosso, se riflettiamo: ho cambiato più donne che abiti, ho avuto relazioni basate solo sul sesso, ho un figlio del quale non ti avevo parlato… Se ci aggiungi poi che Fabio è innamorato di te…»

«Già, forse hai ragione» conclusi rammaricata.

L'entusiasmo e l'impegno di Leonardo per il pianoforte cancellarono definitivamente i sentimenti negativi provati quel giorno. Vederlo seduto al piano era pura gioia e soddisfazione! Si vedeva che era felice.

Quelle lezioni divennero un appuntamento fisso della giornata. A volte, Andrea temeva che, a lungo andare, potesse seccarmi avere poco tempo per noi due soli, ma per me Leonardo era parte di lui, parte *di noi*: eravamo già come una famiglia e io e Andrea riuscivamo comunque a ritagliarci del tempo prima di andare a dormire e durante la pausa pranzo, quando lo raggiungevo nel suo studio.

Una sera, mentre eravamo a letto abbracciati a fantasticare sul futuro, mi ricordai di un articolo, letto mesi prima su una rivista, dove veniva riportata la storia di una bimba di dieci anni che, dopo aver perso una gamba a causa di un tumore, non si era data per vinta e, con una protesi, continuava ad allenarsi nella corsa, come aveva sempre fatto.

«Perché non prova anche Leonardo a tornare a camminare con l'aiuto di una protesi?» domandai.

«Non la vuole proprio. Gliel'ho proposta più volte, tempo fa, appena arrivato qua, ma si è sempre rifiutato anche solo di provare… Elide dice che gli ha confidato che teme che, se tornasse a camminare, la madre potrebbe venire a riprenderselo… A nulla è servito cercare di rassicurarlo che non accadrà mai.»

Mi parve strano che un bimbo tanto piccolo potesse collegare il saper camminare all'eventuale ritorno della mamma, che potesse sospettare che lei lo avesse abbandonato per la mancanza di una gamba, ma tenni quel dubbio per me. Intanto, prendeva forma nei miei pensieri un'idea per provare a fargli cambiare opinione.

Il mattino seguente, chiesi a Katia se fosse possibile assentarmi nel pomeriggio. Poi domandai il permesso ad Andrea di portare il figlio a fare una gita solamente con me.

«Per me, andate pure. Cos'hai in mente?» mi chiese incuriosito.

«Nulla di che. Vorrei soltanto trascorrere più tempo con Leonardo, non solo la sera… Vorrei avere la possibilità di conoscerci meglio…»

«La trovo un'idea fantastica! Avviso Elide che prepari il piccolo per le due, ok?»

«Perfetto!»

Contattai il numero per prenotare un taxi che ci portasse a destinazione e ci riaccompagnasse a casa. Sapevo che, probabilmente, mi sarebbe costato una fortuna quel modo di viaggiare, ma era impensabile usufruire dei bus o del treno, non solo per la sedia a rotelle con cui non avevo molta dimestichezza, ma anche per la mancata coincidenza dei mezzi pubblici per arrivare nel luogo che avevo in mente. Fortunatamente, ero abituata a fare economia e potevo permettermi quel viaggio con tranquillità.

Arrivai alla villa alle due meno venti. Leonardo era visibilmente euforico per la novità; Elide, invece, pareva alquanto
scocciata per vari motivi: uno non era stata invitata, due non
sapeva dove il nipotino e io fossimo diretti e tre non era necessaria la sua presenza (si sentiva tagliata fuori) e, di conse-
guenza, non poteva controllarci.
La salutai con un semplice: «Saremo di ritorno per cena, se
non addirittura dopo».

8

Il tassista mi aiutò a far accomodare Leonardo sul sedile posteriore e a caricare la carrozzella nel baule. Partimmo. Per tutto il tragitto, il piccolo seguitò a parlare e, a volte, si «incollava» al finestrino, affascinato da qualcosa scorto al nostro passaggio. Era un piacere vederlo così.

«Non esci mai?» gli chiesi.

Il bambino si fece serio e scosse la testa.

«No? E perché? Ti piace uscire… Anche quando siamo andati in montagna ho notato che eri contento…»

Scosse ancora la testa.

Non insistetti: era chiaro che non voleva parlarne… Ero decisa comunque a non demordere ed ero intenzionata a ritornare sull'argomento in un secondo momento. Gli sorrisi. Vedendo che non gli ripetevo la domanda, si rilassò e chiese: «Dove stiamo andando?».

«È un segreto.»

«*Cosa*? È almeno un posto bello?»

«Me lo auguro proprio!»

«Non ci sei mai stata?»

Scossi il capo. «No, ma spero davvero che sia un luogo meraviglioso come lo descrive internet.» Risi.

«Allora è una sorpresa anche per te!» constatò.

«Già.»

Tornò a guardare fuori dal finestrino.

Dopo quasi un'ora e mezza di strada, arrivammo a destinazione.

Il taxi parcheggiò e il tassista mi diede una mano a scaricare la sedia a rotelle e a far sedere Leonardo, il quale rimase a bocca aperta, vedendo dove ci trovavamo.

«È enorme!» commentò.

«Coraggio! Entriamo!» dissi.

Bambini e ragazzi erano intenti negli allenamenti al palazzetto; tutti erano accomunati dalla stessa particolarità: praticavano sport nonostante mancasse loro un arto o anche due.

Appena varcato il cancello, diversi piccoli atleti si voltarono a guardarci. Si stavano preparando sulla pista per una corsa, il loro allenatore stava spiegando loro la partenza e come evitarne la falsa, che comportava la squalifica.

Uno di loro si avvicinò a noi.

«Ciao. Io mi chiamo Elia e tu? Sei venuto per iscriverti? Che sport vuoi fare? Nuoto? Corsa? Io spero la corsa, così possiamo diventare amici!» disse tutto d'un fiato a Leonardo che lo guardava come se non avesse mai visto un altro bambino in carne e ossa fino a quel momento... Iniziavo a sospettare che effettivamente questa eventualità potesse essere plausibile, nonostante sembrasse impossibile per un bimbo della sua età.

«Perché non rispondi? Non puoi parlare?» continuò il piccolo atleta.

«Ciao, Elia. Scusaci. Siamo solo un po' emozionati» intervenni. «Non siamo mai stati qui e tutto è nuovo per noi. Sembra un posto bellissimo! Io sono Elena e lui è Leonardo. L'ho accompagnato qui oggi perché spero che un giorno possa diventare uno dei vostri!»

«Be', se Leonardo vuole, qui c'è posto per tutti!»

Ci raggiunse l'allenatore.

«Lui è Leonardo e lei è Elena» ci presentò prontamente Elia.

«È un piacere» disse l'uomo stringendoci la mano. «Io sono Giorgio. Ebbene, Leonardo, sei venuto a iscriverti a qualche sport?»

Finalmente il mio bimbo prese coraggio. «Io... Io non so fare nulla» ammise.

Giorgio lo guardò. «Siamo tutti qua per imparare. Tu sai fare tanto, è che non ci hai mai provato! Vieni, ti presento gli altri

e poi chiedo al mio collega di sostituirmi per un po', così vi mostro tutto il palazzetto. Vedrai che, prima di tornare a casa con tua sorella, avrai trovato lo sport che fa per te!»
«Io non sono la sorella...» dissi.
«Lei è la mia mamma!» intervenne Leonardo.
Rimasi colpita dalle sue parole. Era la prima volta che mi chiamava «mamma» e provavo una gioia immensa...
Si voltò verso di me. «Vero che sei la mia mamma?» chiese speranzoso.
Annuii con le lacrime agli occhi. Lui mi regalò un sorriso che mai avrei scordato.
Giorgio finse ti non aver notato la mia commozione e asserì: «Hai una mamma davvero giovane... e bella».
Arrossii.
«Sì, piace tanto anche al mio papà!» si affrettò a precisare Leonardo.
Risi di quella piccola gelosia.
L'allenatore ci mostrò tutte le attività che il palazzetto offriva. Leonardo sgranava gli occhi a ogni novità e pareva entusiasta per qualsiasi sport gli venisse presentato.
C'erano bimbi che nella loro pausa venivano a conoscerci e Leonardo, vinta la timidezza iniziale, parlava con tutti.
Più lo guardavo, più mi convincevo che portarlo lì era stata la cosa più giusta da fare. Ero partita con l'intenzione di dimostrargli che le protesi non erano poi così negative, ma in questo luogo gli veniva provato che anche la sedia a rotelle non era necessariamente un ostacolo, e che, volendo, poteva vivere una vita simile a quella di qualsiasi bambino della sua età: andare a scuola in presenza e non seguire le lezioni online, avere amici, giocare, divertirsi, fare sport... Cose che, per lui, fino a quel momento, erano parse impossibili e, per qualche inspiegabile motivo, si rifiutava di fare. In quella palestra, non era necessario avere nemmeno le protesi per praticare sport: si poteva imparare anche stando sulla propria carrozzina. Per cui,

qualsiasi fosse stata la scelta finale di Leonardo, nulla gli avrebbe impedito di stare con i suoi coetanei.

«Dai, vieni a fare due tiri a canestro anche tu!» Una bimba su una carrozzina invitò Leonardo a unirsi alla squadra di basket. Lui non se lo fece dire due volte: andò in campo e, dopo aver osservato gli altri giocare, provò anche lui.

Lo seguivo con lo sguardo e lo vedevo ridere, felice come mai l'avevo visto nei giorni precedenti. Spensierato, come un bimbo della sua età dovrebbe essere. Presi il telefono e lo filmai in modo da condividere, in qualche maniera, quel momento con Andrea che, purtroppo, non poteva viverlo di persona.

Girai quel video e altri del pomeriggio; uno per ogni sport che Leonardo provava.

Il padre era stupito e chiedeva in continuazione: «Sicuri che sia mio figlio quel bambino? Non è un fotomontaggio?».

«Elena, è fantastico! *Tu* sei fantastica!» concluse.

Giorgio mi si avvicinò.

«È portato per lo sport» constatò, indicando Leonardo.

«Sì, se pensa che è la prima volta, credo, che mette piede in un palazzetto...»

«*Crede*?» sottolineò.

Lo guardai, ma non gli diedi alcuna spiegazione: non mi sembrava il caso di rivelare che, in realtà, non ero io la vera madre, soprattutto ora che Leonardo mi considerava tale.

Passammo un pomeriggio indimenticabile e ci dispiacque molto dover lasciare quel posto.

«Vi aspetto. Quando vorrete tornare, sarete i benvenuti!» disse Giorgio, accompagnandoci all'uscita. «Se ti andrà di unirti a noi, Leonardo, sappi che in qualunque sport sarai ben accetto. Sei molto bravo e poi qui da noi la cosa che più conta non è vincere o essere dei supereroi, ma stare insieme, essere amici e divertirsi. Ricordalo.»

«Torneremo! Vero, mamma? Torneremo anche con il papà!»

«Sicuro! Sarà felice di accompagnarci la prossima volta» confermai.
«Perfetto» concluse Giorgio, visibilmente deluso nel sentire che Andrea si sarebbe unito a noi.
Ci salutammo. Salimmo sul taxi e ci dirigemmo verso casa.
«Ti è piaciuto? Ti sei divertito?» domandai in auto.
«Tantissimo!»
«Allora ti andrebbe di iscriverti a qualche sport?»
«Sì! Sì!» Poi, improvvisamente si fece serio e pensieroso.
«Qualcosa non va, campione?» Mi preoccupai. «A cosa stai pensando?»
«Mi è venuto in mente quello che la zia Elide mi ripete sempre... E, forse, lei non sarà d'accordo che io venga al palazzetto...» ammise.
Rimasi spiazzata a quelle parole e, quasi, temevo di scoprire cosa l'anziana donna potesse avergli detto, ma era in gioco la felicità di quel bambino e intendevo andare fino in fondo, così chiesi: «Posso sapere cosa ti dice la zia Elide?».
Scosse il capo. «Si arrabbierebbe se te lo dicessi...»
«Leonardo, se qualcuno ti dice o fa qualcosa, obbligandoti poi a non rivelarlo a nessuno, nemmeno al papà, significa che questa persona sa di sbagliare e che non si sta comportando bene.»
Mi guardò. Gli sorrisi rassicurante. Pareva indeciso. Poi, però si convinse. «La zia dice che io non sono un bambino come gli altri, che, se gli altri bimbi mi vedessero, mi prenderebbero in giro e non mi vorrebbero a giocare con loro... Lei non vuole che io vada a scuola o esca di casa, perché tutti mi guarderebbero e riderebbero di me. Ripete che, se mettessi una gamba finta e tornassi a camminare, la mamma tornerebbe a prendermi e io non voglio. Io sto bene con il mio papà... e ora sei tu la mia mamma» concluse.
Quella rivelazione fu un colpo al cuore. La conferma ai miei sospetti.
Dolore e rabbia mi colsero: il primo per la sofferenza e la cat-

tiveria subite da un bambino che già ne aveva passate tante (troppe) e la seconda perché era una donna senza un briciolo di umanità e sensibilità.

Cercai di non far trasparire i miei sentimenti e rassicurai Leonardo. «Nessuno ti deriderà se esci di casa! Nessuno! L'ha fatto forse qualcuno oggi? Ti sei sentito diverso o escluso al palazzetto? No. Puoi dirmi che i ragazzi erano nella tua stessa situazione, forse, ma gli allenatori o il tassista non ti hanno trattato diversamente… L'hai notato? Tu sei un bimbo come tutti gli altri! Ricordatelo bene! Hai visto anche tu quei bambini oggi: ti hanno voluto bene fin da subito e, per quanto riguarda tua mamma, ti assicuro che tuo papà non le permetterà di tornare a prenderti. Starai con noi per sempre! Capito?»

Lui mi fissava attento. «Davvero?»

«Davvero!» confermai. «E, se vorrai camminare e correre con una protesi, lo farai! Se vorrai continuare a stare sulla sedia a rotelle, lo potrai fare! Tu sei libero di decidere, ma sappi che, se vuoi, puoi fare tutto ciò che desideri. Parlerò io alla zia.»

Mi abbracciò forte e io feci lo stesso.

«Ti voglio bene, piccolo!»

Mi strinse ancora più forte.

9

Arrivati a casa, Andrea ci accolse sulla porta.

«Bentornati! Ehi, campione, dove siete stati?» chiese, fingendo di non sapere. «Ti sei divertito?» continuò, prendendo tra le braccia il figlio.

«*Tantissimissimo!*» rispose lui.

Io pagai e ringraziai il tassista e recuperai la sedia a rotelle dal baule, poi li raggiunsi.

Andrea mi cinse a sé con il braccio libero e mi diede un bacio. «Eccola qui, la mia bellissima donna! Com'è andata?»

Stavo per rispondergli, quando, alle sue spalle, notai Elide fissarci, probabilmente infastidita dalla nostra euforia. Vedendola, riaffiorò la rabbia provata sul taxi.

«Chiedo scusa. Possiamo parlarne dopo? Devo dire due parole a tua zia» affermai nervosa.

«Qualcosa non va?» domandò preoccupato Andrea, notando la mia reazione nel vedere l'anziana.

«Devo parlare con lei un minuto e voglio farlo immediatamente. Che ne dici se tu e Leonardo andate in cucina, intanto, a preparare la cena?»

«Elena, ma…»

«Per favore, Andrea» dissi decisa.

«Come vuoi, amore.»

Si allontanò con ancora il figlio in braccio. «Intanto mi racconti cos'hai visto e cos'hai fatto? Sono proprio curioso.»

Li guardai andare in corridoio, poi mi rivolsi verso la donna, che continuava a osservarmi con aria di superiorità; tuttavia i suoi gesti tradivano un'ombra di nervosismo.

«Dobbiamo parlare.»

«Non vedo cosa dobbiamo dirci io e lei» disse con disprezzo.

«Non ho nulla da spartire con una sempliciotta come lei» aggiunse.

«Ah no? Invece io ho tanto da dire a una come lei!»

«Non le hanno insegnato l'educazione e il rispetto, vedo. Come si permette di rivolgersi a me con quel tono?» Era indignata.

«*Rispetto*? Lei parla di *rispetto*? Ma non si vergogna?» urlai.

«Stia al suo posto!» tuonò.

«Lei è una persona malvagia! Come può aver detto quelle cose a Leonardo? Eh? Si rende conto del male che gli ha fatto?» Ero fuori di me.

«Leonardo non è affar suo!» sentenziò.

«Lo dice lei! Eccome se Leonardo è affar mio!»

«Fino a quando? Voglio dire... Mio nipote, Andrea, si stancherà presto anche di lei e farà la fine di tutte le altre... Soprattutto quando gli riferirò del tono che osa usare nei miei confronti!»

Ero allibita. «Le scelte future di Andrea non c'entrano ora e riguardano solo noi due, non lei! Mi risponda, invece! Come ha potuto raccontare quelle bugie e dire quelle cattiverie a un bambino?»

«Bugie? Cattiverie? Io gli racconto le cose come stanno, la realtà. Non gli creo false illusioni o speranze come tenta di fare lei!»

«Io gli sto solo dando la possibilità di *vivere*, non esistere, non sopravvivere! Di avere amici, di uscire, di essere amato da più persone!» osservai.

«E chi potrebbe amare un bimbo con una gamba sola? Suvvia, neanche la madre l'ha più voluto!»

Stavo per ribattere a quelle mostruosità, quando la porta si spalancò e irruppe Andrea, con Leonardo ancora tra le braccia.

«Come hai potuto?» gridò alla zia.

Lei parve imbarazzata per essere stata scoperta. «Non so di

cosa tu stia parlando…» finse, assumendo un'espressione innocente.

«Ah, non lo sai? Abbiamo sentito tutto! Non siamo andati in cucina. Elena mi sembrava nervosa e volevo capirne il motivo. E devo ammettere che ora lo comprendo e condivido.»

«Questa ragazza sta solo cercando di mettermi in cattiva luce per allontanarmi da casa e impadronirsene! Guardala! Una stracciona così vuole soltanto i tuoi soldi!»

«Vattene, zia! Hai mezz'ora per raccogliere le tue cose e lasciare questa casa! Non voglio più vederti!» tuonò Andrea.

«Non puoi farlo! Chi si prenderà cura di tuo figlio quando non ci sei? Pensaci!»

«Non è più un problema che ti riguarda. Ripeto, vattene!» ribadì.

Con aria superba e disprezzo l'anziana donna mi guardò, poi salì in camera sua a fare la valigia.

Andrea chiamò un taxi per accompagnarla lontano dalla villa.

«Tutto bene, Elena?» mi chiese dolcemente.

Il cuore mi batteva forte per la rabbia, ma mi stavo calmando.

«Sì. Sì, ora è tutto ok.»

«Grazie. Non avevo idea di quello che accadeva in mia assenza… Mi fidavo di lei.»

«La cosa che più conta è che Leonardo ora sappia che Elide si sbagliava e che lui è un bambino forte… Vero, piccolo?» dissi, rivolgendo lo sguardo al bimbo.

Lui annuì. «La zia Elide andrà via?» chiese.

«Sì» rispose il padre.

«Non tornerà più, vero?» Sembrava finalmente rendersi conto delle bugie che gli erano state raccontate fino ad allora dall'anziana parente.

«No, non tornerà.»

«La mamma si prenderà cura di me?» chiese, prendendomi la mano.

Andrea rimase stupito quasi quanto me sentendomi chiamare «mamma».

«La mamma» affermò «lavora...» Un velo di delusione apparve sul volto di Leonardo. «Ma, se anche lei è d'accordo, solo la mattina, mentre tu sarai a scuola.»
Il bimbo si illuminò. «Andrò a scuola?»
«Sì. Farò domanda domani stesso perché vengano interrotte le lezioni online e tu possa frequentarle in presenza.»
«Evviva!» Le piccole braccia si strinsero al collo del padre. Poi allentò per qualche minuto la presa e mi guardò. «Il papà mi accompagnerà a scuola e, mamma, tu verrai a prendermi, mi aiuterai a fare i compiti e mi porterai al centro sportivo? Andremo anche al parco?»
«Volentieri.»
Sorrise. «E la sera continueremo con le lezioni di pianoforte?»
«Se non sarai stanco dopo tutti questi impegni...» Risi.
Scosse, convinto, il capo. "Incredibile quanta energia abbiano i bambini!" pensai.
«Non so voi, ma io ho una gran fame! Perché non usciamo a cena?» propose Andrea.
«In un ristorante?» chiese Leonardo, pieno di stupore.
«Certo!»
Mi guardai l'abito: non era proprio da sera.
«Sei uno splendore, amore!» mi rassicurò Andrea, leggendomi nel pensiero e facendomi l'occhiolino.
«Sì, proprio...» risposi, poco convinta.
Concludemmo la giornata in allegria. Tutti e tre avevamo il cuore leggero, dato che le ombre e la rabbia se n'erano andate.
Quando tornammo a casa era molto tardi. Ci infilammo a letto stanchissimi. Leonardo si addormentò subito.
«Andrea...»
«Dimmi.»
«Pensi davvero ciò che hai detto stasera?» chiesi mentre, abbracciata a lui, col capo sul suo petto, ascoltavo il suo cuore battere.

«Riguardo a cosa?»

«Sul lavorare al mattino e passare il pomeriggio con Leonardo...»

«Non del tutto.»

A quell'affermazione il cuore mi si fermò: ci aveva ripensato.

«Ah...»

«Guardami.» Feci come mi disse: alzai lo sguardo e mi accolse il suo sorriso. «In verità, credo che dovresti passare tutte le ventiquattro ore con me e il bambino...»

«Cosa?» Ero confusa. Temevo di aver capito male.

«Elena, vuoi sposarmi?»

Lo fissai incredula.

Rise di cuore.

«Vedessi la tua espressione, amore!» Si fece più serio. «So che non ti aspettavi una proposta di matrimonio dopo così poco tempo e soprattutto in questa situazione... così, sdraiati tranquillamente a letto, dopo una giornata alquanto... come definirla? Movimentata?»

Risi. «A dir poco...» Poi lo guardai negli occhi. «Sei serio, Andrea? Non riesco a capire quando scherzi e quando invece non lo fai...»

«Sono serissimo, non serio, amore. Sposami! Sei *tu* la donna che aspettavo, *tu* quella che voglio.»

«Veramente?»

«Certo... Non fosse altro che per i tuoi vestiti...» Scoppiò in una risata divertita.

«Ma sai che sei proprio antipatico?»

«Lo so, ma ti amo alla follia! E ti desidero! Diventa mia moglie!» ripeté.

«Sì» dissi sfiorandogli le labbra. «Sì, Andrea, desidero diventare tua moglie più di ogni altra cosa al mondo!»

Mi portai sopra di lui. Potevo sentire la sua voglia di me fiorire. Lentamente scesi e lasciai che entrasse in me. Incrociai le mie dita alle sue e, perdendo i miei occhi nei suoi, mi abbandonai all'estasi dell'amore, cullandomi dolcemente. Sentii l'incontro delle nostre essenze scorrere donandomi una sensazione di soave pace.

Tutto quello che desideravo era lì con me in quel momento. Poi, abbracciati, prima di scivolare nel sonno, Andrea mi ringraziò per avergli aperto gli occhi su ciò che accadeva mentre lui era al lavoro. «Se penso a quante volte avrei potuto portare Leonardo al parco o fuori e mi sono lasciato convincere da Elide che non era il caso, perché era stanco o faceva o troppo caldo o troppo freddo per un bambino così piccolo… Come ho potuto essere tanto cieco? Leonardo non ribatteva mai alle sue affermazioni, per cui le prendevo per plausibili… Solo ora mi rendo conto che aveva paura… Sono stato un pessimo padre!»

«Smettila! Tu sei un ottimo papà! Per me è stato più semplice capire cosa succedeva, perché non mi sono mai fidata di tua zia, ho sempre avvertito un astio nei miei confronti… E poi ho potuto comprendere perché ho avuto l'opportunità di trovarmi sola con Leonardo. Probabilmente, in casa, non avrebbe mai rivelato nulla nemmeno a me…»

La mattina seguente, parlai a Katia del mio imminente matrimonio.

«Così mi lascerai…» disse triste.

«Resterò finché non troverai qualcuno che mi sostituisca» promisi.

«Nessuna sarà come te» constatò.

«Non dire così… Vedrai, troveremo una persona.» Le sorrisi ottimista. Lei ricambiò.

«Ma che sciocca sono!» esclamò. «Ho pensato subito a me e non mi sono congratulata per le nozze! Sono felice per te, Elena. Credimi. Sono sincera. Meriti di essere felice! E Andrea… be', finalmente si è deciso a mettere la testa a posto! L'ho notato subito, da come ti guardava, che era cotto di te!»

«Grazie, Katia» dissi abbracciandola.

Per colmare il mancato aiuto in seguito alla partenza di Elide, Andrea aveva deciso di lavorare da casa per un paio di settimane e, nel caso fosse stata necessaria la sua presenza in ufficio, avrebbe portato con sé il figlio.

In quella quindicina di giorni, Katia e io speravamo di riuscire a trovare una persona valida, in modo tale da occuparmi poi io di Leonardo, quando il padre sarebbe tornato in ufficio.

La mia datrice di lavoro mise un annuncio di lavoro sul giornale locale e sulla bacheca del negozio e interpellammo la scuola di agraria del paese per avere un elenco degli studenti diplomatisi l'anno precedente, per contattarli e offrire loro il mio posto.

Sembrava apparentemente semplice trovare un giovane disposto a lavorare come fiorista, ma ci rendemmo ben presto conto che non lo era affatto: il negozio era aperto dal lunedì al sabato per nove ore e la domenica mattina e molti si lamentavano dell'orario di chiusura, della pausa pranzo «breve», dell'apertura nel giorno festivo…

Katia spesso ribadiva che i ragazzi non erano più disposti a fare sacrifici come un tempo, questo perché, sosteneva, non avevano più effettivamente né bisogno né tantomeno voglia di lavorare.

«Tanto ci pensano i genitori a mantenerli!» concluse. «Sono più contenti di starsene a casa ad annoiarsi… Chi glielo fa fare di lavorare? Ci sono mamma e papà che vanno al posto loro!» sbottava. «Non ci sono più i giovani di una volta! Io ero in negozio già il giorno dopo il diploma!»

Ammetto che mi dispiaceva vederla delusa e non poter rimanere a darle una mano.

Andrea e io avevamo deciso di rimandare i preparativi del matrimonio al mio licenziamento, per cercare di andare incontro a Katia che era sempre stata corretta e gentile nei miei confronti.

Poi, vedendo che quel momento tardava ad arrivare, una sera, durante la cena, Andrea mi disse: «Sposiamoci il mese prossimo!».

Leonardo e io lo guardammo stupiti, ma lui continuò a mangiare come se niente fosse.

«Non so tu, Elena, ma io non ho parenti e amici di cui desideri la presenza in quel giorno speciale…» proseguì. «Leonardo a parte, ovviamente. E tu?» mi chiese.

Riflettei un attimo. In effetti, dovetti ammettere che nemmeno io ne avevo e che la sola cosa che desideravo era sposarlo.

«Ecco risolto il problema! Tu puoi chiedere a Katia se le va di farti da testimone e io chiederò a un paio di colleghi… Quello che conta siamo tu e io, non la festa, gli invitati, la cerimonia o i fiori. Non trovi?»

«Sì, hai ragione.»

«Leonardo, tu che dici?»

«Evviva!» esclamò lui, agitando le braccia.

«Dopo il matrimonio, potremmo continuare a fare come stiamo facendo ora: finché Katia non troverà una nuova commessa, rimarrai con lei. Sempre se sei d'accordo…»

Annuii.

«Sei veramente sicura di non voler un matrimonio da favola con tanti invitati, una grande festa e una torta a tre piani?» mi chiese, serio. «Non voglio privarti di ciò che tutte le ragazze sognano mettendoti fretta.»

Posai una mano sulla sua e l'altra su quella di Leonardo. «Tutto ciò che desidero è qui. *Voi* siete la mia favola! Però…»

«Però?»

«La torta sinceramente la vorrei… Non a tre piani, ma una fettina me la mangerei volentieri!» Sorrisi.

Leonardo allungò le braccia per farsi abbracciare. Lo strinsi forte, mentre Andrea ci osservava visibilmente commosso.

«Anch'io voglio la torta!» esclamò nostro figlio.

«Dopo la cerimonia,» proposi «possiamo andare in pizzeria per festeggiare? Io…»

Stavo per terminare la frase, ma Andrea mi precedette. «Tu adori la pizza… Me l'avevi detto la sera del tuo compleanno a casa tua…»

«Te lo ricordi!»

«Ricordo tutto di te, ogni momento, ogni parola, ogni gesto.» Arrossii a quella velata dichiarazione d'amore.

«Vada per la pizza, allora!»

«E la torta» aggiunsi.

«Sì!» gioì Leonardo. Poi fissò il padre con un sorriso che si rifletteva anche nei suoi occhi e impaziente chiese: «Posso dirglielo adesso?».

Andrea fece di sì col capo.

«Mamma, ho deciso di provare a mettere la gamba finta!»

Rimasi a bocca aperta per la sorpresa e la gioia.

«Oh, piccolo, stasera credo di aver raggiunto il massimo della felicità. Sono contenta! Tanto contenta!»

«Inoltre, dopo il matrimonio comincerà le lezioni in presenza e, con l'inizio della scuola, vuole iscriversi anche a un corso nel centro sportivo dove eravate andati quel pomeriggio…» aggiunse Andrea. «Per cominciare, mentre si abituerà a camminare prima e a correre poi con il nuovo arto, ha deciso che seguirà il corso di pallacanestro, poi, col tempo, vuol provare con la corsa… Serviranno mesi, ma non abbiamo fretta: c'è tutto il tempo del mondo!»

«Ragazzi! Sono senza parole! Ho il cuore che scoppia!» Non riuscii a trattenere le lacrime. Mi coprii il volto con le mani. Andrea si alzò e venne ad abbracciarmi.

10

Quella settimana, Katia trovò un ragazzo disposto a venire a provare il lavoro. Per la precisione fu lui a trovare noi: si presentò una mattina all'apertura del negozio. A prima vista pareva un giovane «stravagante», uno di quei tipi che dimostrano la loro creatività anche nel modo di vestire e nella cura della propria persona: capelli lunghi a rasta, orecchini, collanina etnica, jeans larghi e strappati, felpa di un paio di taglie più grande e scarpe da ginnastica con le molle alla suola.

Katia lo guardò stranita e poco convinta, ma io lo trovai subito simpatico. Il suo sorriso timido, tradiva l'animo gentile nascosto sotto quell'abito da «duro».

«Buongiorno, mi chiamo Stephen. Ho letto l'annuncio sul giornale… Se il posto è ancora libero, vorrei avere la possibilità di provare il lavoro.»

La mia amica lo osservava senza proferir parola, così mi presentai per prima. «Ciao, Stephen. Io sono Elena. Benvenuto» dissi, stringendogli la mano.

«Ciao, io sono Katia, la proprietaria del negozio. Hai altre esperienze lavorative in questo settore? Hai un diploma in agraria? Quanti anni hai?»

«Ho ventiquattro anni e no, non ho mai lavorato in un negozio di fiori e non sono diplomato in agraria, ma al liceo artistico» ammise.

«Ah. E come mai vorresti lavorare qui allora?» A Katia proprio pareva non piacere.

«Be',» sussurrò lui un tantino a disagio «mi piacciono i fiori, credo che il mio titolo di studio possa servire nella realizzazione di composizioni floreali e poi… sinceramente, non saprei che altro lavoro fare con solo il diploma in un liceo, senza una laurea…»

«Quindi è l'unico posto che hai trovato? Diciamo che *ti accontenti*» affermò la mia amica.

Era troppo! Non avevo voce in capitolo, ma quel ragazzo era stato sincero e sembrava onesto: non poteva andarsene senza aver avuto una possibilità!

«Ci puoi scusare un minuto, Stephen?» chiesi. Poi mi rivolsi a Katia. «Posso parlarti, per piacere?»

Andammo in serra.

«Perdonami se mi intrometto. So che non ho diritto di dire qualcosa, ma sei troppo dura con lui…»

«Ma l'hai visto? Sembra un rapper!»

«Non dovresti giudicarlo dai vestiti… Guarda me! Stephen mi pare un bravo ragazzo, con la voglia di imparare… Nemmeno io sapevo nulla quando sono arrivata qui, ma con impegno e volontà si può fare tutto.»

«Non ho nessuna voglia di mettermi a insegnargli l'ABC delle piante e dei fiori… Vorrei qualcuno con esperienza o almeno degli studi nel settore… Non chiedo molto!»

«Fallo provare, per favore. Gli insegnerò io, promesso. Se in una settimana vedremo che non si impegna, se ne andrà… Sei d'accordo?» La guardai speranzosa.

«Ok, tanto non abbiamo trovato di meglio» rispose rassegnata. «Però ci pensi tu!»

«Grazie.»

Tornammo dal ragazzo. Guardandolo seduto su una sedia con un'espressione atterrita, come se avesse captato lo scetticismo della proprietaria nei suoi confronti, provai tenerezza. Sorrisi mentre Katia gli dava la notizia: «Ebbene, Stephen, se ti va di provare per una settimana il lavoro, Elena e io saremo felici di averti in squadra!».

Balzò in piedi, ci strinse la mano con entrambe le sue e, con tono gioioso ed entusiasta, gridò: «Grazie! Grazie!».

«D'accordo, lo prendo come un sì. Elena ti seguirà in questo periodo di prova e ti insegnerà le basi, per il resto imparerai col tempo. Quando puoi iniziare?»

«Anche subito!» rispose prontamente il ragazzo.

Katia mi lanciò un'occhiata di approvazione e mi sussurrò: «Qualcosa mi dice che ci hai visto giusto».

Le sorrisi, contenta di aver contribuito a dare un'occasione a un giovane volenteroso.

«Ok, Stephen, allora io comincerei col mostrarti la serra, spiegandoti, a grandi linee, per il momento, le cure di cui necessitano le varie piante e i fiori. Poi, se ti va, possiamo piantare i semi di stagione nei vasi.»

«Agli ordini! Certo che mi va!»

Lasciammo Katia alle prese con i clienti e ci spostammo nella serra. Come stabilito, mostrai al mio potenziale sostituto tutte le specie che avevamo a disposizione e, per ognuna, elencai le caratteristiche. Stephen pareva molto interessato e incuriosito dalle mie spiegazioni e, come avevo fatto io anni prima, prendeva appunti. Spesso restava affascinato a fissare le forme e i colori dei fiori che non aveva mai visto.

«Sa, signora Elena, che nemmeno immaginavo che esistessero tante varietà di orchidee o di gerani? È proprio vero che non si finisce mai di imparare! Questo posto è il paese delle favole!» Risi a quell'espressione

«E qui non ne teniamo che una piccola parte, per questioni di spazio. Se pensi che, al mondo, ne esistono tante altre! Ma, per favore, chiamami soltanto Elena e dammi del tu.»

«Sì» si fece serio. «Elena, credi che la signora Katia abbia davvero intenzione di assumermi?»

«Se vedrà che ti impegni, non vedo perché non lo dovrebbe fare.»

«Mi è parso di non piacerle poco fa…»

Scossi il capo. «No, era solo un po' perplessa, perché non hai esperienza né studi nel nostro campo, ma credo che la volontà e l'entusiasmo ti aiuteranno a imparare in fretta. Sinceramente, mi sembri adatto per questo posto.»

«Dici sul serio?»

«Vedrai, se alla fine di questa settimana ti piacerà, Katia sarà ben felice di assumerti. Ne sono certa. E ora, coraggio, torniamo al lavoro» dissi.

La giornata trascorse velocemente e il nuovo arrivato apprendeva molto in fretta. Passammo gli ultimi minuti che precedevano la chiusura del negozio a chiacchierare e Katia si unì a noi.

«Stephen, mi hai detto di avere ventiquattro anni. Come mai non hai mai lavorato prima?» chiese.

Il giovane tentennava, come temesse di essere giudicato. Poi rispose, con un'aria quasi di vergogna dipinta sul viso: «Sono stato bocciato due volte al liceo…».

Katia lo guardò. «Questo non esclude che tu sia un ragazzo brillante» disse. «Ti ho osservato oggi. La tua curiosità, il tuo saperti stupire e la capacità di apprendere molto velocemente fanno trasparire la tua intelligenza.»

Il ragazzo sfoggiò un sorriso sincero. «Grazie! Mio padre dice sempre che mi dovrei vergognare, ma la verità è che al liceo non andavo volentieri. I miei compagni di classe mi prendevano in giro per la mia timidezza e sensibilità. Dicevano che non era da *vero uomo*… Ho sempre pensato che dove ci fosse arte (liceo artistico compreso), ci fosse accoglienza e comprensione, ma sbagliavo. Non ho mai raccontato a casa di essere vittima di bulli, perché mi avrebbero considerato un debole: subivo senza reagire. Il fatto è che io so che non valgo meno degli altri, so che il mio modo di vestire o pettinarmi e la mia timidezza non fanno male a nessuno… Per questo lasciavo che dicessero di me ciò che volevano: io so di contare e che posso farcela e, per me, è questa la cosa più importante.»

Lo osservavo commossa. Quanta sensibilità e verità nascondeva quel giovane!

«Sei assunto!» affermò improvvisamente Katia.

Stephen e io ci fissammo sbalorditi.

«Dico davvero. Se vuoi, il lavoro è tuo. Non ho bisogno di una settimana per capire che andremo d'accordo tu e io.»
Con le lacrime agli occhi, ringraziandola più volte, il ragazzo, istintivamente, abbracciò la sua nuova datrice di lavoro che, presa alla sprovvista, parve imbarazzata.
«Elena, se non ti dispiace insegnargli ancora tu, per qualche giorno, in modo che, quando verrà il momento di salutarci, Stephen sarà già autonomo…»
«Per me è un piacere! Sai, Stephen, tu sei più bravo di me: almeno ti sei diplomato.»
«Perché? Tu no?» domandò.
«No, studiavo pianoforte al Conservatorio a Milano, mi mancava soltanto un anno per conseguire il tanto sognato diploma, ma i miei dovettero chiudere e vendere il loro ristorante, per far fronte ai debiti contratti. I soldi ricavati dalla vendita furono appena sufficienti a coprire la restituzione dei prestiti e non ce ne furono più per pagare la mia retta scolastica…» raccontai.
«Mi dispiace.»
«All'inizio anche a me, poi però ho trovato lavoro qui e mi sono comunque realizzata personalmente. E poi continuo a suonare il pianoforte, non l'ho abbandonato. Mi dispiace solo aver perso di vista i miei compagni di scuola: Milano è lontana e sentirsi solo tramite telefono e messaggi non contribuisce certo a tenere viva l'amicizia…»
«Davvero continui a suonare? Anch'io ho preso lezioni di chitarra e passo intere serate chiuso in camera a esercitarmi: mi rilassa e mi fa sentire meno il peso della solitudine. Se ti va, potremmo suonare qualcosa insieme qualche volta» propose.
«Volentieri!»
«Ehi! Ehi! Voi due! Fermi un attimo! Mi è venuta un'idea grandiosa! Il mese prossimo c'è la festa di primavera qui in paese: potreste esibirvi insieme davanti al negozio!» Katia era un vulcano di idee quando si trattava di far pubblicità alla sua attività.

«Sarebbe fantastico!» aderì subito all'iniziativa Stephen.

«Ah, ma no, scusa…» Il tono della mia amica era ora deluso. «Elena, dimenticavo che tu il mese prossimo non lavorerai più con noi.»

«E con ciò? Non mi vuoi nemmeno per un giorno? Lo sai che niente e nessuno mi vieterà di accettare!» Katia era raggiante.

«E sai cosa ti dico?» continuai.

«Cosa?»

«Chiederò anche a Leonardo di essere dei nostri!»

«Chi è Leonardo?» domandò il nostro nuovo collega.

«Mio figlio» risposi, arrossendo.

«Hai già un figlio che suona? Caspita sembri mia coetanea!» osservò lui.

«Be', in realtà, è il bambino del mio compagno. Ha sei anni. Gli sto dando lezioni ogni sera e ha già imparato molto… È portato per la musica e credo sarà felice di dare il suo contributo per la festa.»

«Fantastico! Allora è deciso!» Katia batté le mani entusiasta. «Chiederò in Comune di allestire un piccolo palco qui fuori: chiudono le vie principali, per cui avremo tutto lo spazio necessario.»

«Forse il pianoforte è un tantino difficoltoso da spostare, però» constatò Stephen.

«Già, non ci avevo pensato…» riconobbi delusa.

«Ma…»

Io e Katia lo guardammo con aria interrogativa.

«Ma io ho un cugino che dirige una scuola di musica e sono certo che sarà ben felice di prestarci una pianola… Con un po' di esercizio, vi abituerete alla diversità.»

«È il primo giorno che ti ho assunto e già ti adoro!» gridò Katia.

Ridemmo tutti e tre. Ero impaziente di proporre a Leonardo il progetto per la festa di primavera. In auto, ne parlai prima con Andrea che parve condividere il mio entusiasmo.

«Credo che sarebbe un'esperienza bellissima per lui e per la sua autostima: esibirsi davanti a tanta gente e, soprattutto, stare in mezzo alle persone.»
Appena arrivati alla villa, mi fiondai dentro e corsi da Leonardo che ci aspettava.
«Ciao, campione!» dissi, abbracciandolo.
«Mamma, sembri felice più del solito, stasera.»
«E lo sono!» Guardai Andrea e poi ancora Leonardo. «Tieniti forte, piccolo! Ho una proposta da farti. Oggi è venuto in negozio il ragazzo che dovrebbe sostituirmi dopo che io e papà ci saremo sposati. Si chiama Stephen. Visto che suona la chitarra, Katia ha proposto a lui e a me di suonare insieme il mese prossimo alla festa del paese e… saremmo tanto contenti se anche tu volessi essere dei nostri!»
Mi guardò stupito.
«Leonardo, ti va di suonare con me il pianoforte quel giorno?»
Regalandomi un sorriso bellissimo e stringendomi al collo le piccole braccia, strillò: «Sì!». Dopo un momento di ilarità, però, si rabbuiò. «No, non posso…»
Delusa da quel repentino cambiamento, gliene chiesi la ragione.
«Tutti vedranno che non ho una gamba… e poi non so suonare benissimo» disse triste.
Provai un immenso senso di tenerezza e protezione. Carezzandogli la schiena lo rassicurai: «Forse è vero, qualcuno noterà che non hai un arto, ma tutti vedranno che hai un gran cuore e lo sentiranno, non tanto mettendoti una mano sul petto, ma ascoltandoti suonare. Non si suona solo con le mani, la bocca o i piedi ma, soprattutto, con l'anima e il cuore». Gli posai la mano sulla parte sinistra del petto. «La musica è emozione, Leonardo, e tu potrai regalarne a chi sarà lì ad ascoltare. E vedrai che, quando smetterai di suonare, la gente non guarderà la tua gamba che non c'è, ma i tuoi occhi! Abbi coraggio, campione! Io e tuo papà saremo lì con te: non puoi aver paura!»

Il bambino mi fissava incerto, poi si voltò verso suo padre che gli sorrise. Tornò con lo sguardo a me e, serio, promise: «Ci sarò!».

Lo strinsi a me, fiera di quel bambino così sfortunato ma così forte.

«Dobbiamo esercitarci tutti e tre insieme? Posso conoscere Stephen?» mi chiese dopo cena, mentre eravamo seduti al piano.

«Certo che lo conosceremo» mi anticipò Andrea. «Stavo giusto pensando di proporre di uscire tutti insieme a cena venerdì o sabato, se anche voi siete d'accordo, così potrete stabilire quando trovarvi e provare i brani… Ovviamente chiederemo anche all'organizzatrice di unirsi a noi, che ne dite?»

«Perfetto! Domani ne parlerò con Katia e Stephen.»

«Com'è?» mi domandò ancora il mio bambino.

Cercai le parole giuste per rendere un suo ritratto il più veritiero possibile, sia dal punto di vista fisico che caratteriale, e glielo descrissi.

«Sembra strano…» commentò alla fine. Poi aggiunse: «Papà, conosceremo un'altra persona che veste in modo bizzarro!».

Andrea rise di gusto all'osservazione del figlio.

«Ehi! Non intendevate me, vero?» chiesi, mettendo le mani alla vita e mostrandomi offesa.

Leonardo si coprì la bocca con la mano, fingendo che quella frase gli fosse sfuggita senza volerlo, ma rideva pure lui sotto i baffi.

«Ma è un dato di fatto, amore» constatò Andrea. «Io, quando l'ho vista la prima volta in negozio, l'ho scambiata per un ragazzo… Te l'ho mai raccontato, campione?» aggiunse rivolgendosi al piccolo.

«Non mi pare il caso…» cercai di cambiare argomento.

«Racconta, papà, racconta!» Ormai il sasso era stato lanciato.

Andrea, divertito, narrò di quella mattina in cui mi chiamò *ragazzo* e di quanto mi fossi arrabbiata, anche se non potevo manifestarlo per non discutere con un cliente. Concluso il racconto, mi sorrise con dolcezza, mentre il bimbo rideva a più non posso.

«Bene, adesso, se avete finito di prendermi in giro, possiamo riprendere la lezione?»

Passammo la serata al pianoforte. Arrivata l'ora di andare a dormire, con Andrea accompagnai Leonardo in cameretta. Entrambi gli augurammo la buonanotte con un bacio, poi accendemmo la lampada e andammo nella nostra camera da letto.

«Da quando sei entrata nella sua vita, Leonardo è molto cambiato» mi disse Andrea, attirandomi a sé. «È più sicuro di sé, più sereno e intraprendente. È un bambino felice.»

«Lo merita.»

«E non solo lui è cambiato.» Mi fissò. «Sai che non riesco a stare senza di te? In ufficio continuo a guardare l'orologio, ma mi sembra che il tempo che mi separa dal vederti non passi mai! Non mi è mai accaduto prima: stavo volentieri in ufficio, adesso è un tormento!»

«E allora cerchiamo di vivere appieno i momenti insieme, in modo tale di fare "scorte" l'uno dell'altra per le ore che non possiamo condividere» proposi baciandolo dolcemente.

«Sei splendida, Elena.»

Ogni qualvolta Andrea e io facevamo l'amore, era come fosse la prima volta: il desiderio, la passione, la voglia di confondere, unire e donarci i nostri corpi erano i medesimi di quella notte a casa mia. Era un incanto, poi, restare abbracciati a coccolarci fino a scivolare soavemente nel sonno e risvegliarci ancora così, stretti e sempre con la voglia l'uno dell'altra.

«Pensavo che oggi, se puoi essere libera nel pomeriggio, potremmo andare tutti e tre insieme in quel centro sportivo per iscrivere Leonardo a pallacanestro. Che ne pensi?» propose Andrea mentre ci vestivamo per iniziare la giornata.

«Ottima idea! Chiederò a Katia il pomeriggio libero. Anche se non le ho dato alcun preavviso, non credo ci saranno pro-

blemi: mostrerò a Stephen come ripulire le piante dalle foglie secche e come trapiantare i fiori. È un ragazzo sveglio e sono sicura che se la caverà benissimo anche da solo, una volta visto il procedimento.»
Come previsto, la mia amica non ebbe nulla da ridire e Stephen fu ben contento di dimostrare che poteva farcela senza bisogno di tanto aiuto.

11

Andrea, Leonardo e io partimmo alla volta del centro sportivo dopo aver pranzato in un *fast food*. La strada da percorrere era lunga e il bambino impaziente di arrivarci.

Scesi dall'auto, venne ad accoglierci Giorgio: essendo all'esterno ad allenare gli atleti nella corsa, aveva l'opportunità di essere il primo a vedere chi arrivava.

«*Ehilà*, che piacere rivedervi!» disse venendoci incontro. «E così, campione, ti sei deciso a venire a trovarci e a far parte della squadra?» domandò.

Leonardo annuì. «E ho portato anche mio papà stavolta!»

Andrea si fece avanti e, presentandosi, tese la mano all'allenatore che gliela strinse di malavoglia. O almeno così mi parve.

«È un piacere riaverla qui, Elena» disse poi Giorgio.

Lo ringraziai e salutai stringendogli anch'io la mano. Lui ricambiò deciso e nei suoi occhi lessi un'intensità che mi mise a disagio.

«Allora, sai già in quale squadra vuoi giocare?» l'allenatore rivolse nuovamente l'attenzione al bimbo.

«Intanto che aspetto la protesi alla gamba e imparo a camminare, pensavo a basket. Poi, quando potrò abbandonare definitivamente la sedia a rotelle, voglio correre! Anche se ci vorranno mesi…»

«Non importa quanto ci vorrà, conta arrivarci. Intanto vi accompagno in palestra per l'iscrizione alla pallacanestro e poi ti aspetto ai miei allenamenti. Mi raccomando, ci conto, eh! Hai la stoffa del campione!»

Leonardo sorrise soddisfatto, poi guardò orgoglioso me e suo padre, che ricambiammo.

Giunti in palestra, Andrea e il figlio si diressero da Paolo, l'allenatore della squadra di cestisti e il responsabile del centro sportivo, mentre Giorgio e io restammo all'ingresso.

«Sono contento che siate tornati!»

«Grazie. Leonardo era rimasto così affascinato da questo posto che, oltre a volerci tornare, si è deciso persino a provare a mettere la protesi che fino a quel momento aveva rifiutato. Gli avete aperto un mondo nuovo fatto di sano sport, amicizia e divertimento.»

«Di chi è il vero merito di questo suo cambiamento? Nostro o suo, che l'ha accompagnato?» Lo guardai perplessa. «A quanto mi è sembrato di capire la prima volta che siete venuti, era stata un'idea sua. In questo mondo, quindi, è arrivato grazie a lei. Noi non abbiamo fatto altro che dimostrargli che, se si vuole, anche l'impossibile diventa possibile.» Mi fissò ancora intensamente... tanto che mi sentii di nuovo a disagio e spostai il mio sguardo sui ragazzi che giocavano.

«Leonardo non è suo figlio, vero?» chiese tutto d'un tratto.

Tornai a guardarlo. Non capivo l'importanza che potesse avere per lui questa informazione, ma risposi comunque scuotendo la testa. «No, ma è come se lo fosse.»

«Lo sapevo.»

«Posso sapere cosa c'entra se è o meno mio figlio con l'iscrizione nel vostro centro?»

«Con l'iscrizione nulla» replicò candidamente. «Interessa a me.»

«Perché?»

«Eccoci! Mi sono iscritto! Inizio la settimana prossima! Devo portare il certificato del dottore prima» ci interruppe Leonardo.

«Grandioso! Però non dimenticarti che ti aspetto presto ai miei allenamenti!» disse Giorgio entusiasta.

Andrea mi venne accanto e mi attirò al suo fianco, stringendomi in vita con un braccio. Poi mi diede un bacio sui capelli.

«Credo di non averlo mai visto tanto contento» constatò, guardando il figlio.

«Già» confermai.

«Ora, ragazzi, mi dispiace, ma devo tornare sulla pista da corsa» ci interruppe Giorgio. «Vi saluto. Ci rivediamo la settimana prossima!» E ci strinse la mano. Di nuovo ebbi l'impressione che si fosse soffermato con una presa più decisa sulla mia rispetto che su quella dei miei due compagni di viaggio.

«Torniamo a casa» suggerì Andrea.

«Ci fermiamo a prendere un gelato, papà?»

«Sicuro! Elena, tu che dici?»

«Sì, sì certo» risposi esitando.

«Tutto bene, amore? Sembri strana…» si preoccupò Andrea.

«È tutto ok» mentii. La verità era che l'atteggiamento dell'allenatore mi dava davvero fastidio e non mi lasciavano serena certe sue frasi, ma non potevo parlarne con Andrea, visto che si trattava di semplici sospetti o atteggiamenti che potevano essere solo frutto di una mia errata impressione. Ero una ragazza che amava la chiarezza e quel suo modo di fare, il discorso interrotto, i suoi sguardi, il suo contatto mi turbavano. Sperai solo di sbagliare e che non ci fosse di che preoccuparsi nel suo comportamento.

Andrea mi guardò incerto, vedendomi pensierosa. Gli sorrisi altrettanto incerta.

«Chi mi accompagnerà agli allenamenti?» domandò una volta saliti in auto Leonardo.

«Se la mamma è libera, ti porterà lei con un taxi, altrimenti prenderò mezza giornata io.»

«E a scuola?» chiese ancora.

«Mi sono informato e la segretaria ci ha fissato un appuntamento con la preside per domani» concluse il padre.

«*Urrà*! Andrò a scuola e anche a basket!» Leonardo aveva preso tutte quelle novità con grinta ed entusiasmo, e vederlo così positivo e felice mi riempiva il cuore di gioia. Non chiedeva mai di Elide e, da quando quella donna era uscita dalla sua vita, il bambino appariva più sereno e sicuro di sé. Spesso mi ritrovavo a pensare, mentre lo guardavo suonare o al palazzetto, a quanta sofferenza e pressione doveva aver dovuto sopportare dalla madre prima e dall'anziana parente poi... Era un bimbo forte!

Trascorremmo un pomeriggio e una serata in allegria. Il piccolo era un vulcano di energia e non smetteva di ridere e parlare... Quando arrivò alla villa, però, crollò dalla stanchezza e dal sonno e andò subito a letto senza lezioni di pianoforte.

Appena rimasti soli, Andrea mi domandò cosa avessi al centro sportivo. «Non negarlo, avevi qualcosa. Eri alquanto pensierosa, assente.»

Non aveva più senso nascondergli le mie impressioni, visto che ormai era palese che non ero tranquilla, così gli raccontai della conversazione con Giorgio e del suo strano comportamento.

«Forse gli interessi...» concluse.

«Non credo, sa che ho un compagno e un figlio...»

«Sì, ma sa anche che non è realmente tuo e che non siamo sposati» osservò.

«Io questo non gliel'ho detto.»

«Già, ma nessuno di noi due porta una fede, e poi non a tutti importa se la persona a cui sono interessati sia o meno già impegnata.»

Ero stanca di parlare di Giorgio o di pensare ai suoi possibili scopi. Mi avvicinai ad Andrea, gli cinsi la vita con le braccia e sussurrai: «Basta discutere di un altro uomo. Io ho te. Baciami!».

Mi guardò negli occhi con tenerezza e, sorridendomi, disse: «Volentieri!». E mi baciò.

L'indomani Katia mi disse di aver già pronto il contratto da far firmare a Stephen, segno che potevo lasciare il mio lavoro.

«Avevi ragione, Elena. È un bravo ragazzo con tanta voglia di fare e di imparare! In un paio di giorni ha fatto molto ed è autonomo: gli basta osservare per apprendere senza spiegazioni. Sono stata sciocca a fermarmi all'apparenza.» Le sorrisi. «Forse non avrei accettato di far provare nemmeno il giardiniere di Buckingham Palace se mi si fosse presentato davanti... Mi sono resa conto che non volevo semplicemente perdere la mia collega a cui voglio bene» ammise.
«Oh, Katia. Grazie, grazie di cuore! Anche a me dispiace non poter più venire, ma ora che Elide se n'è andata, sento di non poter abbandonare Leonardo o affidarlo alle cure di un'estranea... Se una zia l'ha trattato con tanta insensibilità e durezza, non oso immaginare come potrebbe comportarsi una persona che nemmeno conosce.»
«Sì, lo capisco e hai ragione. Sei una persona meravigliosa, una brava ragazza come ne sono rimaste poche in giro!»
«Grazie. Comunque non mi perdi: se avrai bisogno di me, verrò volentieri a darti una mano mentre Leonardo sarà a scuola. Altrimenti, verremo insieme e, nel periodo di festività, potrai sempre farmi recapitare a casa materiale e fiori per creare composizioni e passare a ritirare il lavoro finito. Davvero, mi farebbe piacere esserti d'aiuto nei giorni più impegnativi» mi proposi.
«Siamo una bella squadra, vero, Elena?»
«Sempre, Katia. Sempre e comunque.»
«E così è venuta l'ora di salutarci...» disse a mezzogiorno e mezzo, con le lacrime agli occhi, abbracciandomi.
Attesi l'arrivo di Stephen, che era uscito per alcune consegne, per un saluto e per augurargli buona fortuna. Ero sicura che quel ragazzo così intelligente, sensibile e umano fosse il mio miglior sostituto.
Salutati i miei colleghi, nonché amici, mi diressi verso l'ufficio di Andrea, dove lui e Leonardo mi attendevano per andare tutti e tre insieme, come una vera famiglia, all'appuntamento

con la preside della scuola che il nostro bambino frequentava attualmente online.

Arrivammo all'istituto con qualche minuto di anticipo rispetto all'ora fissata. Appena entrammo, Leonardo si scrutò tutto intorno: seguiva con lo sguardo il personale che andava avanti e indietro con dei fogli tra le mani, gli insegnanti che raggiungevano le aule, i bambini che uscivano per andare in bagno… A dispetto del centro sportivo, il piccolo osservava senza proferir parola. Pareva aver colto l'indifferenza che quelle persone ci riservavano e di aver captato in anticipo l'accoglienza distaccata e gelida che ci avrebbe atteso da lì a poco.

Attendemmo in corridoio, senza che nessuno ci offrisse un posto dove sedere, che la preside si liberasse dal precedente incontro. Uscirono dall'ufficio, dopo una mezz'ora di attesa, una mamma con un bambino assai vivace e, a giudicare dal suo atteggiamento, anche molto prepotente, maleducato e irrispettoso. Oltre a dare calci a destra e manca (compreso a sua madre), infatti, si parò dinnanzi a Leonardo e, guardandolo con disprezzo, lo apostrofò: «Cosa ci fai qui, *senza gamba*?». La madre repentinamente lo allontanò, scusandosi mortificata, e raggiunse un uomo che, scocciato, li aspettava all'uscita. Subito quest'ultimo se la prese con la donna che, a suo dire, si era trattenuta troppo al colloquio, poi batté un cinque al bambino complimentandosi per la sua spavalderia e il suo coraggio.

Cosa ci fosse di tanto coraggioso nel comportamento del figlio non me lo sapevo spiegare. Provai però un senso di tenerezza e compassione nei confronti della donna che, con aria triste e rassegnata, seguiva i due arroganti tenendo gli occhi bassi.

«Tutto bene, campione?» chiesi.

«Sì, era solo uno stupido!»

Andrea continuava a tenere gli occhi fissi sulla famiglia che stava lasciando l'istituto. Pareva arrabbiato. Fece qualche passo per inseguirli.

«Scusate!». Non lo sentirono. «*Scusate!*» ripeté a voce più alta. Ancora nulla, i tre non si voltarono. Dopo essermi accertata che Leonardo avesse colto l'ignoranza di quei due, trattenni Andrea, posandogli delicatamente una mano sul braccio. Lui mi guardò.

«Lasciali andare.»

«No, quell'uomo e quel bambino devono sapere che razza di persone sono! E intendo essere io a farglielo capire! Devono delle scuse a mio figlio!»

Ero pienamente d'accordo con lui. Non si poteva rimanere zitti di fronte a tanta stupidità, tuttavia non lasciai il suo braccio.

«Andrea» dissi dolcemente. «Andrea, osserva quella donna. È già abbastanza mortificata e umiliata… Se tu ora andassi da loro, non feriresti il padre o il figlio, sarebbe ancora lei a scusarsi, come ha fatto poco fa, e, sono certa, sarebbe sempre lei a subire il loro malumore per un'eventuale discussione, una volta a casa… Mio padre mi ripeteva spesso che non serve a nulla litigare con gli ignoranti, perché sarebbero parole vuote per loro e tempo sprecato per noi: non capirebbero ugualmente. Se fossero stati solo l'uomo e il bambino, sarei stata la prima, probabilmente, a intervenire e a non tacere, ma, intuendo la situazione familiare, non mi accanirei, sapendo che a farne le spese sarebbe una persona già in difficoltà.»

Andrea guardò Leonardo e poi me e poi ancora lui.

Il nostro piccolo pareva aver colto la situazione. Infatti, disse: «La mamma ha ragione. Quella signora sembra già tanto triste! E poi io non mi sono offeso per uno sciocco! Io non ascolto gli stupidi!».

«Ben detto! Bravo, il mio campione!» Ero orgogliosa di lui.

Ero certa, però, che quei due meritassero una lezione e mi bruciava tacere.

In quel momento, la preside ci chiamò.

Entrammo nel suo ufficio. Anche qui, l'accoglienza non fu

delle migliori. La dirigente ci fissava come se provenissimo da un altro pianeta.

«Cosa posso fare per voi?» riuscì a chiederci dopo le presentazioni.

Andrea le espresse l'intenzione di interrompere le lezioni a distanza del figlio e di farle continuare, invece, in presenza.

«Cosa non va nell'attuale sistema?» domandò la donna, senza empatia.

«Leonardo ha bisogno di stare con i bambini della sua età, di confrontarsi con gli altri, di fare amicizia…» spiegò Andrea.

«Signor Moretti, comprenderà anche lei che, al giorno d'oggi, i bimbi hanno difficoltà ad accogliere tra loro coetanei con disabilità e, poi, anche per la scuola comporterebbe un costo non indifferente: dovremmo adeguare determinati locali o, comunque, contattare un insegnante di sostegno e adattare le lezioni per suo figlio…»

A quelle parole, pronunciate con disprezzo, e davanti a tanta inattesa ignoranza e insensibilità, Andrea stava per ribattere, ma io fui più veloce. Balzai in piedi e, cercando di mantenere inutilmente la calma già messa a dura prova con la famiglia di poco prima, esclamai: «Ma si rende conto di ciò che ha appena detto?».

La donna rimase un attimo spiazzata dalla mia reazione.

«Signora, crede di essere un bell'esempio per suo figlio comportandosi così con una persona del mio livello?» chiese, poi.

Non ci vidi più dalla rabbia.

«Intendeva dire del suo *basso* livello? Mi chiedo come lei faccia a occupare questo posto! Lei è una donna di una ignoranza e disumanità mostruosa! La scuola dovrebbe essere un luogo di accoglienza e inclusione, e, se questa manca già partendo dalla preside, che dovrebbe dare l'esempio, capisco perché scarseggi nelle aule, tra i bambini! Leonardo potrà anche non avere una gamba, ma ha una grande intelligenza e bontà di cuore. E sa cosa le dico? Questa scuola non merita una bella persona come lui! Non è mio figlio ad aver bisogno di sostegno e lezioni speciali, qui dentro! Mio marito e io cercheremo un istituto migliore di questo schifo! Non abbiamo altro tempo da perdere… E non si preoccupi, segnaleremo a chi di dovere la sua *gentile* collaborazione: Leonardo non resterà in questa scuola e spero che lo stesso accadrà a lei!»

Ripresi un tono rassicurante e mi rivolsi a Leonardo, che mi fissava a bocca aperta. «Andiamo, campione?»

Il piccolo illuminò il suo viso con un largo sorriso e annuì. Guardai Andrea, che, sbalordito, si alzò.

Lasciammo l'ufficio e la scuola in silenzio. Raggiunta l'auto, Leonardo esclamò: «Caspita, mamma, sembravi una leonessa!».

Risi a quel paragone.

«Sei stata grande, amore!» disse Andrea abbracciandomi. «Stavo per dirle qualcosa io, ma hai avuto una rapidità e una decisione che mi hanno spiazzato. Mi hai rubato le parole di bocca! Grandiosa!»

Saliti in macchina, però, notai che Andrea era pensieroso e ancora turbato dalle parole della dirigente. Appena soli a casa, infatti, esternò tutta la sua rabbia e frustrazione.

«In che razza di mondo viviamo, Elena? Che futuro attende Leonardo?»

«Non dire così» cercai di rincuorarlo. «Pensa al centro sportivo, a come lo hanno accolto lì. Non sono tutti aridi di cuore come in quella scuola. Troveremo un istituto scolastico che sappia cos'è il valore dell'inclusività.»

«Non so, sai… Prima la madre di Leonardo, poi Elide, oggi quella famiglia e la preside…» disse Andrea lasciandosi cadere su una poltrona.

«E io? E i piccoli atleti? Gli allenatori?» gli feci notare, avvicinandomi a lui, prendendogli il viso tra le mani e invitandolo a guardarmi. «Noi tutti amiamo Leonardo» conclusi.

«*Tu*? Tu sei la cosa migliore che sia capitata nella nostra vita, mia e di Leonardo! Hai stravolto le nostre esistenze e le hai rese migliori! Sei un angelo!»

Dolcemente lo baciai, cercando disperatamente il contatto, un abbraccio capace di estraniarci dal mondo e di sciogliere qualsiasi sentimento negativo.

12

Il giorno seguente, Leonardo non si collegò per seguire le lezioni online: passammo la mattinata fuori, lui e io, per le vie del paese, a fare compere e al parco. Non c'erano altri bimbi, visto l'orario scolastico, e incontravamo perlopiù anziani o persone che portavano a spasso il cane.
Leonardo era affascinato da quegli animali. Li guardava recuperare e riportare la palla lanciata dai padroni e rideva a più non posso quando un cane si rifiutava di renderla.
A un certo punto, una pallina cadde proprio accanto a noi e subito vedemmo sopraggiungere uno splendido levriero.
«Wow» commentò Leonardo, guardandolo avvicinarsi.
Lo osservammo afferrare la pallina, ma, con nostra grande sorpresa, invece di fare marcia indietro per riportarla al padrone, la lasciò cadere nuovamente a terra e iniziò a fiutare intorno alla sedia a rotelle. Io allungai la mano per accarezzarlo e Leonardo, vedendo quanto docile fosse, seguì il mio esempio.
«Bene! Bene! Guarda chi si rivede! Che sorpresa, ragazzi!» disse una voce conosciuta.
Presi dal cane, non ci eravamo accorti dell'arrivo di Giorgio.
«Ciao!» gridò Leonardo. «È tuo?»
«Sì, si chiama Vento.»
«*Vento*? Che strano nome» sentenziò il piccolo.
«L'ho chiamato così, perché è veloce e libero come il vento» spiegò l'allenatore. «Gli piacete, ragazzi. Solitamente ignora la gente che frequenta il parco. Vengo qui ogni giorno, ma non sia avvicina né si lascia accarezzare da nessuno… Scappa appena si allunga una mano.»
«Posso lanciargli io la pallina?» chiese Leonardo.
«Ma certo!»

Giorgio raccolse la sfera e la passò al bambino che la tirò il più lontano possibile. Poi mi si avvicinò.

«È una sorpresa vedervi qui...» ripeté.

«Ho lasciato il mio lavoro per dedicarmi a Leonardo. Oggi non ha potuto collegarsi al computer con la scuola, perciò, vista la giornata soleggiata, siamo usciti... È splendido sai?» dissi indicando il cane con la testa.

«È vero. Lo è, ma non solo lui è splendido qui...» aggiunse.

Mi voltai a guardarlo e lo scoprii a fissarmi con la stessa intensità che avevo notato al palazzetto.

«Mamma! Mamma, guarda!» si intromise Leonardo. Vento era intento a leccare festoso il viso del piccolo che rideva fino alle lacrime. «Mi fa il solletico!»

«Vento, vieni qua! Lascialo stare, povero bambino! Credo che abbia già lavato la faccia stamattina, non servi tu!» scherzò Giorgio, abbassandosi.

Il levriero raggiunse il padrone e gli mise le zampe anteriori sulle spalle e iniziò a leccare il viso anche a lui.

«Oh, Vento! Sei fissato!»

«Vento! Vento!» chiamò Leonardo e lanciò nuovamente la pallina. Il cane corse a riprenderla accompagnato dai tanti «bravissimo» del bambino.

«Lei e il papà di Leonardo non siete sposati...»

Di nuovo con quelle domande personali.

«No, ma ci sposeremo il mese prossimo» risposi. «E lei? Ha moglie e figli?» Decisi di spostare l'attenzione su di lui in modo da farlo smettere.

«No, ma c'è una ragazza che mi interessa molto...»

«Sono contenta per lei.»

«Davvero?» disse con uno strano sorriso. «Mi fa piacere!»

In quel momento, Leonardo mi chiamò. «Mamma, prendiamo anche noi un cane?»

Dopo un attimo di confusione, risposi: «Dovremmo parlarne con il papà».

«Lo convincerò io!» affermò deciso.

Piegandomi sulle ginocchia mi portai col viso davanti al suo. «Sono sicura che ce la farai. Ora, però, dobbiamo tornare a casa.»

«Restiamo ancora un pochino…» piagnucolò.

«È quasi ora di pranzo» gli feci notare.

«Ma tanto papà ha detto che oggi si ferma in ufficio, così torna prima stasera… Per favore, mamma!»

«Perché non pranziamo insieme?» propose Giorgio.

«La ringrazio, ma…»

Stavo per cercare una scusa plausibile per rifiutare l'invito, ma un «*sììì*» di Leonardo mi bloccò.

«Non possiamo…» cercai di scusarmi.

«Perché no, mamma? Viene anche Vento?» chiese il bambino.

«Ma certo!» rispose prontamente Giorgio.

«No, ci scusi, ma davvero non possiamo» replicai nuovamente.

«Perché?» insistette Leonardo.

«Coraggio, su. Cosa vuole che sia un pranzo? Offro io» assicurò Giorgio.

«Possiamo, mamma? Ti prego!»

«E va bene…» cedetti.

«Evviva! Posso tenere io Vento per la strada?»

Giorgio agganciò il guinzaglio al collare del cane e lo mise tra le mani di Leonardo.

«C'è un *fast food* qui vicino… Vi va se andiamo lì? Ci sono dei tavolini all'aperto, così Vento non darà fastidio ad altri clienti che non amano gli animali» suggerì Giorgio.

«Perfetto» risposi, anche se tanto *perfetta* la situazione non era. Non mi sentivo a mio agio.

Arrivati al locale, mentre aspettavamo che ci portassero le ordinazioni, mi allontanai di qualche passo per telefonare ad Andrea e avvisarlo dell'imprevisto. Stranamente non rispose. Provai una seconda volta, ma nulla. Il telefono squillava a vuoto. Leonardo mi chiamò per informarmi che il pranzo era arrivato. Rimisi il cellulare in tasca e raggiunsi il tavolino.

«Non l'hai trovato?» chiese Giorgio.

«Probabilmente è occupato e ha messo il silenzioso.»

«Se io avessi moglie e figlio, non metterei mai il silenzioso» osservò. «Nessuna riunione, impegno o persona meritano attenzione più delle persone che si amano…»

«Richiamerà tra poco, vedrà…» affermai sicura. Ma Andrea non richiamò per tutta la durata del pranzo.

Il suo silenzio, unito a quella compagnia, mi rendeva nervosa. Giorgio parve notarlo. «Non preoccuparti, Elena, magari vi vuol fare una sorpresa e vi sta aspettando a casa» disse poco convinto, con un tono quasi insinuatore, come a voler mettere in dubbio che fosse davvero al lavoro. Mi colpì anche il repentino passaggio dal *lei* al *tu*.

Non ero una ragazza che amava il lei. Tutt'altro. Tendevo ad abbattere le distanze con chiunque. Con lui, però, sentivo che non era prudente abbassare la guardia e dargli troppa confidenza.

Non risposi alla sua osservazione, mi limitai a fargli notare che lui non conosceva Andrea e poi, rivolgendomi a Leonardo, gli dissi che si era fatto tardi e che era ora di rientrare.

Ringraziammo l'allenatore per il pranzo e ci avviammo.

Il bambino avrebbe voluto giocare ancora con Vento, ma io preferivo interrompere in fretta con il suo padrone.

Andrea non richiamò. Arrivò tardi la sera e si scusò dicendo che era stato molto impegnato e che c'era stato un imprevisto con un cliente proprio mentre stava tornando a casa.

Leonardo gli raccontò per filo e per segno il tempo trascorso con Vento e il suo proprietario. Andrea lo ascoltava attento e, ogni tanto, mi guardava con un'espressione strana.

«Tutto bene, Elena?» mi domandò, una volta rimasti soli.

In quel preciso momento, mi resi conto che non lo era. «Perché non hai risposto?»

«Ti chiedo scusa, ero in riunione e poi ho incontrato dei clienti...»

«È possibile che tu non abbia trovato nemmeno un secondo per richiamarmi?» insistetti.

«Elena, cos'hai?»

«Hai detto che non saresti venuto a pranzo con noi per poter tornare prima stasera, invece sei rincasato dopo il previsto, non hai risposto al telefono... Secondo te cosa c'è che non va?»

«Te l'ho detto. È stata una giornataccia e un cliente ha preteso di parlarmi proprio quando stavo per tornare...»

«Una cliente bionda, per caso? A cui si cerca di andare incontro? Se non aveva appuntamento, ripassava! Prima veniamo io e Leonardo! O almeno dovrebbe essere così...» gli dissi amareggiata.

«Perdonami, hai ragione. Ho sbagliato. Ma non è come credi. Non sono stato con un'altra donna. Non potrei mai farlo. Io amo te, non voglio nessun'altra.»

Mi accorsi che, inconsciamente, avevo permesso all'insinuazione di Giorgio di prendere il sopravvento: Andrea non aveva mai fatto nulla per farmi sospettare di una qualsiasi mancanza di rispetto nei miei confronti ed era la prima volta che non rispondeva.

«Non fa nulla. Non parliamone più» conclusi.

La settimana seguente, come stabilito, Leonardo iniziò gli allenamenti di pallacanestro.

Andrea si era detto disponibile ad accompagnarci, per poi tirarsi indietro per un improvviso appuntamento, quindi prendemmo un taxi.

Cominciavo a non capire il motivo di così tanti impegni non programmati da non poter rispondere o assentarsi fino a tardi per un pomeriggio. Lui era il proprietario dello studio e si avvaleva di collaboratori. "Perché non delega i compiti per qualche ora? Eppure sa quanto mi trovo a disagio da sola con Giorgio... Possibile non si preoccupi per me?"

Arrivati al centro, accompagnai Leonardo in palestra.

I genitori dei piccoli atleti solitamente non partecipavano agli allenamenti e lasciavano i figli per tornare a riprenderli alla fine della lezione.

Non volevo che il mio campione si sentisse diverso dagli altri e così, seppur a malincuore, perché avrei voluto condividere e assistere alla sua gioia e fatica, lo lasciai con i compagni e uscii all'aria aperta.

Nel centro c'era un piccolo spazio verde con delle panchine situate all'ombra di grandi alberi.

Decisi di sedermi lì e leggere un libro nell'attesa.

Anche lì arrivavano le grida gioiose dei bambini intenti negli allenamenti. Le loro voci si mescolavano al canto allegro degli uccellini che si nascondevano tra i rami del parco. Era un incanto!

Aprii il libro e lessi qualche pagina.

«Buongiorno. Anche oggi sola!» mi interruppe Giorgio da dietro la panchina dove ero seduta.

«Buongiorno. Non sono sola. Ho accompagnato Leonardo» precisai.

«Ovvio. Intendevo che manca il tuo futuro marito.»

«Era impegnato» risposi laconica.

«Caspita! Ha sempre un sacco di lavoro» constatò.

Non risposi sperando invano che mi lasciasse in pace.

«Ti va un caffè? C'è un bar dall'altro lato della palestra.»

«No, grazie.»

Mi guardò. «Perché ho una vaga impressione di non piacerti e che tu mi voglia evitare?»

«Si sbaglia» replicai con poca convinzione.

«Suvvia, Elena, si vede lontano un miglio che sei tesa con me... Perché?»

"Possibile sia tanto evidente?" Negai comunque ulteriormente: ammettere che non ero serena in sua presenza avrebbe potuto creare equivoci.

«È solo un caffè...»

«Perché?» chiesi.

«Perché cosa? Perché non ti lascio in pace? Intendi questo vero?» Rise.

Non risposi, ma aveva centrato il senso della mia domanda.

Si fece serio. «Perché mi piaci, Elena. E tanto. Fin da quando ti ho vista la prima volta ho capito che sei una ragazza fuori dal comune... Convivi con un uomo molto più grande di te e vuoi bene a suo figlio come fosse tuo, quando persino alcune mamme naturali faticano ad accettare l'invalidità del proprio bambino! Con questo non voglio dire che non li amino, ma spesso vedono il nostro centro non solo come un'opportunità per i loro figli, ma anche come un momento di sollievo dalle fatiche che comporta l'avere e amare un bimbo con problematiche. Io lavoro con questi bambini tutti i giorni per alcune ore e posso dirti che non noto la differenza tra loro e gli altri bimbi, per cui immagino sia così anche per una mamma. È che noi li accudiamo quasi per "dovere"... ma tu? Tu hai abbracciato e fatta tua una situazione che tante non avrebbero accettato. Molte donne mai avrebbero accompagnato il figlio disabile del compagno ricco a fare sport. Piuttosto lo avrebbero volentieri mandato in uno di quegli istituti dove li si va a trovare due volte la settimana al massimo o in occasione delle feste!»

Rimasi ancora in silenzio.

Lui ribadì: «Mi piaci seriamente, Elena. Non meriti di essere lasciata sola dal tuo compagno dopo tutto quello che fai per suo figlio!».

«Non lo dica più!» dissi, decisa, alzandomi. «Io amo Andrea e amo *nostro* figlio! Per me non è un sacrificio amarli. Io non vedo in Leonardo un bambino disabile, io vedo un bambino con le stesse potenzialità di tutti i suoi coetanei!»

Mi sorrise. «Visto? Avevo ragione! Sei una ragazza rara... e bellissima!»

«La smetta» dissi abbassando lo sguardo.

«Perché? È la verità.»

«Perché non è giusto! Io sto con Andrea!»

«Purtroppo...» disse allontanandosi.

Rimasi lì, turbata, a guardarlo andare via.

Decisi di chiamare Andrea: sentirlo, forse, mi avrebbe ridonato un po' di serenità.

Feci squillare il telefono a lungo, ma non rispose nemmeno quella volta. Delusa, riposi il telefono in borsa e cercai di riprendere la lettura, ma non riuscivo a concentrarmi, così abbandonai il libro insieme al cellulare e attesi che Leonardo finisse l'allenamento osservando il parco.

La sera, quando Andrea tornò dal lavoro, presi la mia bicicletta per tornare alla mia vecchia casa di cui Katia mi aveva lasciato ancora le chiavi, in attesa del giorno del matrimonio.

«Perché vuoi tornare là?» volle sapere Andrea, mentre il bambino era intento a suonare il pianoforte nell'altra stanza.

«Ho bisogno di riflettere...»

«Su cosa? Posso saperlo?»

«Su noi. Su quello che è accaduto e sta accadendo in questi giorni.»

«Elena, ti chiedo scusa se non ho risposto, ma, credimi, ho tanti impegni in questo periodo.»

«Sì, certo» ribattei dubbiosa.

«Non mi credi?»

«La verità? No!»

«Cosa credi che io faccia?»

«Non so, dimmelo tu! Cosa fai?» La mia voce stava assumendo involontariamente un tono frustrato e disperato.

«Devi solo fidarti, Elena. Ti chiedo solo questo.»

«Non hai risposto...» gli feci notare.

Passai a salutare Leonardo e uscii di casa.

«Elena, non andartene. Ti spiegherò tutto tra qualche giorno» disse Andrea.

«Bene, ci rivedremo tra qualche giorno, allora.» Mi girai a guardarlo. «Se cominciamo ad avere segreti l'uno per l'altra, Andrea, non è un rapporto onesto e sincero e io di una relazione non chiara non so che farmene. Pensaci.»

Presi la bici e me ne andai.

Una volta a casa, tutto mi apparve estraneo. Mi colse un senso di solitudine in quel silenzio un tempo consolatorio e rilassante. Ero appena entrata e già sentivo la nostalgia delle risa, delle chiacchiere di Leonardo e del contatto e respiro del mio uomo.

Spensi la luce e mi rifugiai sotto le lenzuola. Sentivo il freddo, non tanto della stanza, quanto del cuore. Mi mancava addormentarmi con il capo sul petto di Andrea al suono tranquillo e ritmico del suo cuore. All'improvviso suonò il campanello. Guardai la sveglia. Erano le undici passate! Un po' impaurita e allarmata uscii dal letto e, senza accendere la luce, scostai l'angolo della tenda.

Andrea era lì, come quella lontana sera del mio compleanno. Accesi la luce e aprii.

«Non riuscivo a dormire. Senza te accanto, Elena, non trovo pace e serenità. Torna a casa con me!»

Provavo lo stesso tormento, eppure esitavo: tornare senza sincerità, con dubbi e incertezze non aveva senso.

«Ok, vuoi la verità?»

Annuii e lo feci entrare.

Si sedette sul divano e io sul tavolino di fronte a lui. Mi fissò per qualche istante, poi sospirò e prese a parlare. «Sono stanco, Elena. Stufo di questo mondo dove sembra non esista un briciolo di pietà e umanità.» Fece una pausa, come se cercasse le parole. «Dopo il colloquio con la preside, ho passato tutti i giorni al telefono cercando di contattare ogni scuola dei dintorni e, dopo lunghe attese, tutte mi hanno risposto, seppur gentilmente, la stessa cosa: la struttura non è adeguata alle necessità che la situazione di suo figlio richiede e serve tempo

per trovare un insegnante che lo segua... Non riescono a capire che non ha bisogno di una maestra di sostegno, che è autonomo nel fare i suoi compiti... Tutte hanno chiuso con un "Provi a sentire altri istituti o a ricontattarci per l'inizio del nuovo anno scolastico". Non ne posso più!»
«Perché non me ne hai parlato? Siamo una coppia e le difficoltà dobbiamo superarle insieme!»
«Tu stai già facendo tanto. Non volevo crearti altri problemi legati a un bambino che...» non terminò la frase.
«Che non è mio? Intendevi dire questo?»
Non rispose.
«Non è nemmeno tuo» gli feci notare.
Ci fu un attimo di silenzio.
«A volte, ho l'impressione di essere un egoista. Mi pare di averti privato, e di continuare a farlo, della giovinezza, condividendo questa mia vita fatta di battaglie continue, sacrifici e problemi... Io mi sono preso la responsabilità di crescere un figlio con una invalidità, pur non essendo mio, perché ero a conoscenza della vita a cui sarebbe andato incontro se mi fossi voltato dall'altra parte e l'avessi lasciato con Alina, ma tu... tu sei giovane e sai che Leonardo, con me, non soffrirebbe privazioni, violenze o indifferenza. Tu puoi avere una vita spensierata, un *ragazzo* accanto, non un *uomo*... Ci sono momenti in cui vorrei tornare indietro a quando eravamo solo tu e io, a quando ancora non sapevi che avevo un figlio, per poterti regalare leggerezza, attenzioni e spensieratezza. Poi però vedo quello che il piccolo è diventato da quando sei entrata nella sua vita, vedo come ci hai cambiati e vorrei restassi per sempre. Sono solo un povero egoista!»
Mi inginocchiai davanti a lui e lo abbracciai forte. Lui affondò il viso tra i miei capelli.
«Io resterò per sempre! Non vorrei cambiarti con nessun mio coetaneo. Io amo te. Sei un uomo unico, Andrea! Hai una sensibilità e una bontà che altri non hanno. Pochi uomini, se non

nessuno, avrebbe accettato un bambino non suo, tantomeno con una invalidità. Per questo, tu più di tutti dovresti capire ciò che provo: per me è stato naturale amare Leonardo. Mi rendo conto, anzi, che per me è stato più semplice rispetto a quanto non lo sia stato per te, perché io l'ho conosciuto come il figlio dell'uomo che amo, tu, invece, non provavi nulla per Alina e sapevi che non era nemmeno tuo: per te era un perfetto estraneo… Eppure l'hai accolto. Io *amo* Leonardo. Io non vedo in lui nulla di diverso da un qualsiasi altro bambino. Io vedo tuo figlio, *nostro* figlio.»

«Voglio andarmene, Elena» sussurrò.

«Come?» credetti di non aver sentito bene.

«Voglio lasciare tutto… lavoro, casa… acquistare una barca e girare il mondo con te e Leonardo. Niente più scuola, niente prepotenti o ignoranti… Solo noi tre a vivere posti continuamente nuovi e meravigliosi! Quando chiamavi e non rispondevo, in verità, ero in auto per raggiungere venditori di yacht… Non te l'ho detto, ma per anni ho avuto barche enormi: ci portavo la "donna del momento"… Le donne amavano venirci e si vantavano di aver accalappiato un uomo ricco.» Sorrise amaramente. «Che illuse! Credevano di avere il mio cuore e i miei soldi in cambio del loro corpo… Non mi sono mai innamorato di nessuna di loro né ho mai amato una donna prima di incontrare te. So di avertelo già confessato, ma con loro era solo sesso e, se loro si vantavano delle mie ricchezze, io mi vantavo di avere donne giovani a fianco… A letto era solo un incontro di corpi, un reciproco usarsi, ma non c'era cuore né anima né sentimenti. Ho fatto l'amore per la prima volta con te.» Mi fissò intensamente. «Sei diversa, Elena. Nessuna delle tante ragazze e donne che ti hanno preceduta si avvicina a te! La tua semplicità, delicatezza, umanità, bellezza, grinta… non ho mai trovato queste qualità nelle altre. Non potrei desiderare nulla di più al mondo che vivere noi tre, soli. Avrei tutto ciò che ho sempre cercato: l'amare ed essere

amato a mia volta per l'uomo che sono, non per ciò che ho.»
Ancora silenzio.
«Verresti con me in giro per il mondo?» chiese poi.
«Ti seguirei ovunque, perché tu, il tuo abbraccio, per me siete *casa*. Tra le tue braccia è il posto in cui mi sento bene e in pace.»
Mi baciò, prima con dolcezza e poi con passione, e mi strinse a sé.
«Sei il mio tutto, Elena!»
Facemmo l'amore lì, sul divano, guardandoci negli occhi. Poi ci rivestimmo, tornammo alla villa e, passati ad assicurarci che Leonardo stesse ancora dormendo, raggiungemmo la nostra camera.
Stretti sotto le lenzuola, godemmo, senza proferir parola, del calore della vicinanza, ascoltando i nostri respiri e il battito dei nostri cuori.
«Elena» sussurrò infine Andrea nel buio. Alzai il mio viso verso il suo, con il capo appoggiato al suo petto. «Non sto scappando.»
«Lo so» lo rassicurai.
«Forse dovrei lottare per cambiare le cose, ma credo che non servirebbe… Mi sembra di urlare al vento di fronte all'ignoranza e all'indifferenza della gente.»
«Sì, ti capisco.»
«Io non ci sarò per sempre e, per questo, voglio mostrare a Leonardo che al mondo ci sono anche bellezza e armonia e non solo cattiveria e difficoltà. Vorrei che capisca che, anche nei periodi più complicati, c'è sempre qualcosa di meraviglioso che dona serenità e pace: la natura circostante. Basta aprire gli occhi e il cuore.»
«Non mi ha mai sfiorato l'idea che la tua fosse una fuga, Andrea. Il nostro bambino ha già visto e subito tante ingiustizie e cattiverie. Questo viaggio gli aprirà gli occhi, la mente e il cuore e sono certa che i ricordi che gli resteranno lo aiuteranno

a crescere sereno e ottimista... Incontrerà sicuramente, in futuro, persone migliori di quelle incrociate fino a ora, ma questo tuo progetto lo porterà ad apprezzare anche gli eventuali momenti di solitudine con serenità... Ne sono certa.»

«E tu?»

«Io?»

«Sì, tu... Non ti peserà questo viaggio lontano da tutto?» mi chiese.

«Io avrò già il mio tutto con me su quella barca.»

Alla luce della luna che filtrava dalle persiane, lo vidi sorridermi e notai i suoi occhi brillare.

«Ti amo, piccola.»

Risi. «È la prima volta che mi chiami "piccola"» osservai. «Non mi stai scambiando per un'altra, vero?» scherzai.

«No, no. Tu sei la mia "piccola strega", il mio piccolo grande Amore!»

Ridemmo e ci abbracciammo ancor più stretti.

La mattina seguente, a colazione, Andrea illustrò il suo progetto al figlio, descrivendogli la magia di scivolare sull'acqua, trasportati dal vento e cullati dalle onde guardando i gabbiani volare accanto all'imbarcazione e sentendo il profumo del mare... Il bambino lo ascoltava rapito, provando a immaginare l'incanto che gli veniva raccontato. Poi, però tutto d'un tratto, domandò: «E come farò a partecipare agli allenamenti di basket? E a suonare alla festa? E ad andare a scuola?»

Il padre rifletté un istante. «La mamma e io ci sposeremo il mese prossimo, il basket si ferma per la pausa estiva nello stesso mese e il concerto è alle porte... Partiremo subito dopo la fine di tutte le attività e avremo l'intera l'estate per viaggiare!»

Leonardo diede un bacio sulla guancia ad Andrea.

«Grazie, papà. Ti voglio bene.»

«A proposito di concerto, stavo pensando che, forse, è arrivata l'ora di andare a conoscere Stephen. Che ne direste se stasera, quando sarò di ritorno dall'ufficio, passassimo tutti e tre al negozio per invitare lui e Katia a cena domani?»

«Sì!» urlò Leonardo. «E posso chiedergli di portare la chitarra?»

«Come no! Così potrete provare a suonare insieme e mettervi d'accordo sugli orari e i giorni in cui preparare il concerto. Per te va bene, Elena?»

«Sicuro!»

Leonardo attese tutto il giorno impaziente il ritorno del padre. Mi chiedeva in continuazione notizie su Stephen e se credevo che lui gli sarebbe stato simpatico… Intuii che la vera preoccupazione del mio piccolo era capire se, secondo me, il mio ex collega avrebbe o meno dato peso alla sua invalidità.

«Leonardo, tu e lui andrete sicuramente d'accordo e, vedrai, diventerete subito amici, non preoccuparti» lo rassicurai.

13

Andrea tornò in anticipo dal lavoro, intuendo l'impazienza del figlio, e, senza nemmeno fermarsi un istante in casa, lo aiutò a salire in auto e partimmo subito per il negozio.

Quando arrivammo, fortunatamente, era un momento tranquillo e non c'erano clienti.

Entrando, sentimmo Katia e Stephen che parlavano in serra.

«Buongiorno» gridò la prima. «Arrivo subito!»

Pochi secondi dopo comparve sulla porta.

«Che sorpresa!» urlò correndo ad abbracciarci. «Stephen, vieni a vedere chi c'è!»

Il ragazzo arrivò e anche lui mi riservò la stessa accoglienza.

Erano solo pochi giorni che avevo lasciato il mio lavoro, eppure l'entusiasmo nel rivederci li faceva sembrare mesi.

«Katia, tu Andrea lo conosci già… Stephen, lui è Andrea e lui è Leonardo.»

«È un vero piacere conoscervi» disse il ragazzo, stringendo loro la mano.

«E, così, tu saresti il terzo componente del gruppo?» domandò Katia al piccolo.

Lui annuì con un sorriso di pura gioia.

«Ehi! Che ne dici di cercare un nome per la nostra band?» propose subito Stephen.

«Davvero vuoi che inventi un nome?» Leonardo sgranò gli occhi per la meraviglia.

«Sicuro! Ogni gruppo che si rispetti ha un nome! E pure noi dobbiamo averne uno… Pensaci tu e, quando l'avrai scelto, ce lo dirai. Se hai più proposte, le scriveremo su dei biglietti che metteremo in un sacchetto e ne estrarremo uno a sorte.»

Il bimbo era a bocca aperta. Era un compito importante e ne

sentiva la responsabilità, così si mise subito all'opera. «I suonatori sognatori! Note in libertà! Le ali della musica!»

Stephen era entusiasta, come un bambino. «Grande! Sei veramente forte! Sono tutti perfetti! Aspetta, li scrivo subito su un *block notes*, prima di dimenticarceli!»

Katia, Andrea e io li guardavamo ridere e confabulare. Se esiste una sintonia immediata tra due estranei che si sono appena incontrati, quei due ne erano l'esempio lampante! Pareva si conoscessero da sempre.

«Ehi! Ehi! Senti questa! I magnifici tre!» disse trionfante Stephen.

«Bella. Ma tocca a me! Hai chiesto a me!» gli ricordò Leonardo.

«Hai ragione, scusa… Però era carina…»

«Sì» ribatté il bambino, e tutti e due scoppiarono ancora in una risata.

Inventarono entrambi altri possibili nomi, alcuni davvero assurdi e fantasiosi, finché, alla fine, si guardarono seri.

«E adesso?» chiese Leonardo. «Quale scegliamo?» Silenzio. Scoppiammo a ridere noi tre. Erano così belli e buffi insieme.

«Sai che, però, "I suonatori sognatori" non è per niente male?» constatò Stephen, rileggendo la lista di nomi scritta sul blocco.

«E nemmeno "I magnifici tre"…» osservò il bambino.

«Bigliettini?» propose il ragazzo.

«Bigliettini!» concordò il piccolo.

«Aspetta. Tu riscrivi i due nomi, intanto io cerco un sacchetto. A chi facciamo pescare?»

«Pesco io!» si offrì Katia.

«Non guardare, però, intanto che Leonardo scrive e mette i foglietti nel contenitore! Non imbrogliare!»

«Sapete che sembra di essere all'estrazione del lotto? Manca il notaio!» rispose lei divertita.

«Io sono un commercialista, può andare lo stesso?» scherzò Andrea.

Finalmente arrivò il grande momento della scelta.

Tutti e cinque fissavamo il sacchetto di plastica colorata con impazienza. Katia infilò la mano, prese un biglietto, lo aprì e lo lesse: «I suonatori sognatori!».

Leonardo rise battendo le mani.

«Vi ho fatto uno scherzo!» ammise, poi. «Ho scritto su tutti e due lo stesso nome!»

«Ah sì, eh?» disse Stephen, osservandolo con fare furbesco. «Allora meriti una punizione! Avanti con il solletico!»

Katia si mise una mano sulla fronte e, guardando all'insù, esclamò: «Sembra di stare all'asilo! Ehi, voi due! E allora? Questo nome?».

«I magnifici suonatori» disse Stephen dopo averci pensato un attimo seriamente. «Così uniamo i due nomi!»

«Sì!» esclamò Leonardo, battendogli un cinque.

«Siamo grandiosi!» asserì il giovane.

«Ma Katia assume solo tipi strani?» mi sussurrò all'orecchio Andrea.

«Ehi! Cosa intendi dire?» scherzai, dandogli una leggera gomitata.

Lui sorrise e mi fece l'occhiolino. «Avevi ragione, sai, è un bravo ragazzo» concluse.

Prima di congedarci, invitammo i due per l'indomani a cena.

«Perché non stasera?» domandò Leonardo che pareva non voler lasciare il suo nuovo amico.

«Perché non abbiamo dato loro preavviso e io non ho preparato nulla di speciale» spiegai.

«Puoi fare la pastasciutta! A chi non piace?» propose il bambino.

«Se siete liberi e vi accontentate di un piatto di pasta e qualche tartina, siete i benvenuti anche stasera» dissi, dopo aver guardato Andrea.

«Venite?» ripeté il bimbo.

«Veramente non disturbiamo? Così, inaspettatamente…»

chiese conferma Katia.

«Non disturbate affatto! Ripeto, se vi accontentate di un piatto di pasta in compagnia...»

«In vostra compagnia, ragazzi, mangerei anche solo pane» affermò Stephen.

«Allora vi aspettiamo dopo la chiusura, ok?»

«Per le otto e un quarto?» domandò la mia amica.

«Perfetto!»

«A dopo, *magnifico suonatore*» Stephen presentò la mano chiusa a pugno a Leonardo che ricambiò il saluto sfiorandolo con il suo.

Fatto ritorno alla villa, mi misi subito in cucina a preparare delle tartine, delle pizzette di pasta sfoglia, dei salatini e dei semplici biscotti con l'uvetta che andavano mangiati tiepidi.

I nostri ospiti arrivarono puntuali. Stephen e Leonardo si sedettero, ovviamente, vicini e parlottarono tra loro per tutta la cena. Ogni tanto, partiva una risata all'unisono.

Era bellissimo vederli assieme! Guardando verso Andrea, a volte, lo sorprendevo a osservarli con un sorriso colmo di tenerezza e gli occhi lucidi.

Amava quel bambino. Forse non l'aveva concepito, ma stava crescendo Leonardo come se fosse davvero suo figlio. E lo capivo, perché ero nella sua stessa situazione: non avevo partorito quel bambino, ma lo amavo come se fosse parte di me. Quando guardavo Leonardo, così splendido, mi chiedevo spesso com'era potuto accadere che la madre avesse deciso di abbandonarlo: come si poteva non volere un bimbo così? Era tanto facile amarlo!

Finita la cena, il piccolo, io e Stephen provammo qualche brano. Il nostro amico aveva portato con sé la chitarra, come promesso, e noi lo accompagnammo al pianoforte.

Improvvisamente, si fermò, si girò di scatto verso Katia e iniziò a fissarla.

«Che c'è? Cosa ho fatto?» chiese lei allarmata.

«Mi sono ricordato solo ora…» rispose lui.

«Di cosa?»

«Canta!» le disse deciso.

«Ma… Stephen, seriamente, mi preoccupi…»

«Non cercare di cambiare discorso! Ti ho sentita canticchiare in serra prima dell'apertura del negozio, mentre sistemi i vasi. E canti benissimo!»

«Ma che dici? Non sono intonata…» minimizzò lei.

«È vero! Stephen ha ragione!» proruppi io.

«Non ti ci metterai pure tu, Elena!»

«Anch'io ti ho sentita spesso e confermo che hai una bella voce» affermai.

«Sentite, ragazzi, io vi ringrazio, ma non credo proprio di voler assecondare questa vostra follia!»

«Suvvia, Katia, noi abbiamo accettato la tua…» le ricordai.

«No! No! E poi no! Non ho mai cantato, se non quando sapevo che nessuno mi ascoltava… o almeno *credevo* che nessuno mi prestasse attenzione…»

«Più siamo, meglio è!» intervenne tutto d'un tratto Leonardo. Katia lo guardò. «Ok» cedette lei, vedendo quegli occhietti. «Avete vinto! Cosa devo cantare?»

«Evvai!» gridò Stephen. «Canta quello che vuoi… una canzone che conosci e noi proveremo ad accompagnarti… Cercheremo domani gli spartiti originali.»

Ci pensò un attimo, poi intonò *Run with me* di Calum Scott… Amavo quella canzone! E Katia lo sapeva: gliela feci ascoltare io una mattina e subito finì nella nostra *playlist* creata per il negozio. Anche Stephen l'aveva imparata a memoria nelle ore trascorse al lavoro e Leonardo me la sentiva spesso canticchiare mentre raggiungevamo il parco.

Improvvisammo tutti e tre un accompagnamento e Katia cantò. Aveva un accento inglese perfetto acquisito nei due anni di studi in Inghilterra. Andrea ci faceva da pubblico.

«Non è che anche tu magari hai qualche dote canora nascosta?» gli aveva chiesto, prima di iniziare le prove, il nostro giovane amico.

«No, direi proprio di no! A meno che non sia nascosta proprio così bene da non trovarla nemmeno io!»

Stephen, terminata la canzone, lo guardò sospettoso. «Anche Katia diceva di non essere capace…» Andrea scrollò la testa. «Su, bando alla timidezza. Facci sentire come canti!»

«Se insisti così…»

Intonò qualcosa.

«No, direi che il talento canoro non è nascosto in te… è proprio assente!» confermò Stephen alla fine. «Forse è meglio se ti limiti a fare da pubblico, altrimenti si farebbe il vuoto davanti al nostro negozio il giorno della festa!»

«Io vi avevo avvisato…» controbatté Andrea, divertito. «Però, dai, non sono poi così malaccio…»

Leonardo rise coprendosi la bocca con la manina.

«Puoi sempre farci da manager!» suggerì Stephen. «Perché, vedrete ragazzi, ci cercheranno nei locali e nelle piazze dopo la festa! Vero, Leo?»

«Vero!» rispose il bambino con convinzione.

Era incredibile come i due si assecondassero e sostenessero a vicenda nelle loro follie.

«Magari, intanto, limitiamoci alla festa» li interruppe Katia.

«Oh, Katy, non fare la guastafeste!» ribatté Stephen.

«Cerco solo di afferrarvi per le caviglie e di riportarvi con i piedi per terra, visto che mi pare stiate iniziando a volare un po' troppo in alto con la fantasia…» constatò lei.

«Bisogna sempre puntare in alto! Sognare in grande! Giusto, amico?»

«Giusto!» confermò ancora Leonardo.

«Credo non volerete da nessuna parte, ragazzi, se non iniziate seriamente a provare» appurò Andrea.

«Vero anche questo. Si inizia! Coraggio, gente! Tre, due, uno… via!» gridò Stephen.

Cominciò così quella nuova avventura. Provammo fino a tardi, poi, stanchissimi, concordammo di ritrovarci ogni martedì e giovedì sera. Eravamo tutti euforici ed entusiasti dell'armonia e del clima di festa che si respirava nella nostra compagnia.

Durante la settimana, Leonardo frequentava il centro sportivo. A volte, Andrea ci accompagnava, altre, invece, andavamo in taxi. Non mi piaceva molto quando dovevo aspettare la fine dell'allenamento da sola al parco, perché, il più delle volte, mi raggiungeva Giorgio, e la sua presenza e i suoi discorsi mi innervosivano. In più occasioni gli avevo ripetuto che non gradivo le sue insinuazioni su Andrea finalizzate a crearmi sospetti o dubbi, così come gli avevo ribadito che non ero minimamente interessata ad avere altre storie, ma non sembrava interessargli.

Una sera, di ritorno a casa, Andrea mi vide particolarmente infastidita e scocciata e me ne chiese il motivo. «Si tratta di Giorgio?» intuì.

«Lasciamo perdere!» risposi seccata.

«Sei sempre di cattivo umore quando torni da quel centro...» osservò.

«Lasciamo perdere...» ripetei.

«No, non lasciamo perdere, Elena. Parliamone.»

«Di cosa, esattamente?»

Era la prima volta, dopo la sera della confessione sulla barca, che avevamo una discussione.

«Verrò a parlargli io, così forse capirà che deve lasciarti in pace una volta per tutte!»

«Gliel'ho già detto io circa un milione di volte!»

«E, se non l'ha capito, glielo ripeterò io per la milionesima e una volta... So essere convincente, sai? La prossima settimana vi accompagnerò io» promise.

Ma la settimana successiva lo chiamarono d'urgenza dall'ufficio.

«Ragazzi, ho un impegno!» lo sentii dire al telefono. «Cercherò di raggiungervi prima della chiusura dello studio, ok?» Qualcuno dall'altro capo del telefono disse qualcosa. «Vi ho già spiegato che non posso rimandare: se il cliente vuole aspettare, bene, altrimenti dovrà rivolgersi a qualcun altro!» Detto questo, riattaccò.

«Vai...» gli dissi.

«Ho già un impegno, mi pare... Questo cliente può trovarsi qualcun altro» rispose.

«Andrea, ho affrontato Giorgio da sola fino a oggi. Non mi costa nulla farlo ancora... Credimi, preferisco che tu richiami in ufficio e vai da loro.»

Ci pensò qualche istante. «Sicura?»

Annuii.

«Ti raggiungerò appena possibile».

«Non servirà, vedrai. Ora vai, io chiamo il taxi.»

Arrivati in palestra, chiesi di poter aspettare nel corridoio, visto che fuori minacciava pioggia e c'era un forte vento. Mi venne accordato il permesso e mi sedetti su una panca. Stranamente Giorgio non si fece vedere per tutto il tempo. Comparve solo a pochi minuti dalla fine dell'allenamento.

«Eccoti qui, sempre sola...» Sottolineò quel *sola*. «Ti ho cercata nel parco... Non pensavo fossi nell'atrio della palestra.»

«Mi scusi, ma, francamente, non credo siano affari suoi se sono sola, né tantomeno dove aspetto mio figlio.»

«Tutto ciò che ti riguarda, mi interessa.»

«Be', non dovrebbe. Lei non è nessuno per me.»

«Ehi, che scontrosa oggi!»

«Come sempre!» specificai.

«Senti, tra un paio di settimane finiscono gli allenamenti per la pausa estiva... Potremmo trovarci per un caffè o una cena...»

«No, grazie.»

«Sì, confermo, sei proprio scontrosa e poco collaborativa.»

«No, sono solo stanca di ripeterle sempre le stesse cose!»

«Allora cambia e ammetti che vuoi uscire con me.»

«Non ci penso nemmeno! Io ho già un fidanzato!»

«Che ti lascia sempre sola...» osservò.

«Che, forse, al contrario di lei, ha qualcosa di meglio da fare che importunare le donne altrui!»

«Ammetti che ti piaccio.»

«Per niente! E ora, per favore, se ne vada e non mi disturbi più! Ho una famiglia! È ora che lei se lo metta in testa!»

«Una *famiglia*? Che strana famiglia hai... Un vecchio come compagno e un figlio non tuo...»

«Se ne vada! Andrea e Leonardo sono persone molto migliori di lei!»

«Ben detto, mamma!»

Guardammo entrambi verso la porta. Leonardo, Andrea e Paolo, l'allenatore di basket, erano lì ad ascoltare.

«Da quanto siete lì?» chiese allarmato Giorgio.

«Abbastanza da dirti che, se non lasci in pace Elena, te ne pentirai amaramente!» lo sfidò Andrea.

«Mi stai minacciando, *vecchio*?»

«Assolutamente sì. Ma, fossi in te, mi informerei sulla denuncia per stalking e smetterei di importunare la mia, e sottolineo *mia*, nel caso non ti sia ancora entrato in testa, donna!»

«Ben detto, papà!» urlò ancora il bambino.

«Forse è meglio che lasci il tuo posto di allenatore, Giorgio» suggerì Paolo. «Vedo che tanto non l'hai svolto con molto impegno: nelle ore che credevo passassi con gli atleti, ho capito che facevi altro... Qui insegniamo, oltre allo sport, anche il rispetto e, mi pare che tu, in quest'ultimo campo, non abbia un granché da insegnare. Sei licenziato.»

Giorgio uscì infuriato.

Andrea mi si avvicinò e mi strinse a sé. «Sei stata grande, amore!»

«Grazie» risposi, ricambiando l'abbraccio.

Paolo fece qualche passo verso di noi. «Ragazzi, mi dispiace… Io non sapevo cosa stesse accadendo. Mai avrei sospettato che Giorgio fosse capace di un simile comportamento. Davvero, come responsabile del centro sono mortificato e dispiaciuto.»

«Non deve esserlo, Paolo. Lei era impegnato a svolgere al meglio il suo dovere, non poteva sapere… L'importante è che lei segua i ragazzi e questo lo fa nel migliore dei modi, mi creda. Tanto che Leonardo si iscriverà sicuramente anche il prossimo anno nel suo centro» lo rassicurai.

«Grazie. Leonardo sarà sempre il benvenuto. Ora scusate, devo lasciarvi.»

«Coraggio, tutti a casa!» propose Andrea. «Vi va una pizza stasera?»

«Ci vuole proprio» concordai.

«Sì, mi piace la pizza!» esclamò Leonardo.

«Volete andare in pizzeria?» chiese Andrea.

«Io preferirei a casa» risposi. «La prenotiamo così è pronta prima, poi ci mettiamo tutti e tre sul divano e guardiamo un bel film!»

«*Robin Hood*?» chiese fiducioso Leonardo.

«Ottima scelta!» convenni.

Come programmato, dopo la pizza e recuperato il DVD scelto in palestra, ci sedemmo sul divano davanti alla TV.

«Ma come?» protesto Andrea. «Il cartone animato? Io speravo nel film con Kevin Costner!»

Leonardo e io ci guardammo scuotendo la testa.

«Questa versione è mille volte meglio, credi a me!» risposi.

«Ma *io sono un uomo*» disse con tono ironico Andrea. «Se si sapesse in giro che guardo i cartoni animati della Disney, che figura ci farei?»

«Non lo diremo a nessuno, tranquillo!» lo scherzai.

Arrivati alla canzone più famosa del cartone, urlai a Leonardo: «Vai! Anche noi!».

«Robin Hood e Little John van per la foresta e ognun con l'altro ride e scherza come vuol...» cantammo entrambi a squarciagola.

«Ma voi non siete a posto!» disse Andrea ridendo.

La serata trascorse spensierata e allegra.

Subito dopo il film, ci coricammo.

In camera da letto, spensi la luce e mi rifugiai tra le braccia di Andrea.

«Grazie, Elena.»

«Per aver spento la luce?» scherzai.

«Per oggi e per esistere.»

«Non ho fatto nulla.»

«Sì, invece... Con Giorgio... Le mie ex non avrebbero mai esitato a cedere alle sue proposte di nascosto da me...»

«Non puoi saperlo...»

«Lo so, invece. Lui è giovane, atletico... Da me, loro pretendevano solo una sicurezza economica e una vita agiata.»

«Non dire così! Tu sei migliore di Giorgio!»

«Ma alle mie ex non l'ho mai dimostrato: non mi importava mi conoscessero... Io usavo loro, loro usavano i miei soldi.»

«È un po' triste, non trovi?»

«Da parte mia o loro?»

«Tutte e due. Come si può fare l'amore con una persona che non si ama?»

«Infatti, era sesso. L'*amore* è quello che faccio con te... È ben diverso, sai?»

Mi strinsi ancora più a lui.

«Devo confessarti una cosa, Elena. Non è stata solo la barca o la ricerca di una scuola che mi ha impedito di accompagnare te e Leonardo al centro sportivo.» Mi misi a sedere, temendo mi confessasse un tradimento. «Ho appositamente evitato di venire con voi per darti la possibilità di conoscere Giorgio... So che è una cosa difficile da comprendere, ma ti amo così tanto che volevo donarti l'opportunità di scegliere una situazione migliore rispetto a quella che ti sto offrendo io: un uomo

molto più vecchio di te con un figlio non suo su una sedia a rotelle… Tu sei giovane, lui lo stesso… Non fraintendermi,» si affrettò a specificare «questa libertà mi costava. Ti amo alla follia ed è proprio in nome di quest'amore che ti ho lasciata libera di conoscere un'altra persona… Nel caso avessi scelto Giorgio, però, ammetto che ne sarei morto. Non ha più alcun senso la mia vita senza di te!»
Rimasi ammutolita davanti a quella rivelazione.
«Non dici nulla?»
Riordinai i miei pensieri. «Non eri certo del mio amore per te?» chiesi. «Pensavi che, se avessi avuto la possibilità di conoscere un altro uomo, avrei potuto scegliere lui anziché te?»
«No, non avevo dubbi. Mi hai dimostrato fin da subito di desiderare me, non i miei soldi. Hai accolto me, il mio mondo, le mie fragilità e debolezze e le hai abbracciate… Hai trasformato il mio cinismo in romanticismo, la mia durezza di cuore in amore… Però volevo che tu fossi davvero convinta che fosse questa la vita che desideravi.»
Non aggiunsi altro e lo baciai.

14

La mattina seguente, Andrea e io ci decidemmo a organizzare le nostre nozze che sarebbero state la settimana successiva. Volontariamente avevamo stabilito di non pensarci fino all'ultimo momento: fissata la data, non volevamo ragionare su altro. I testimoni erano stati scelti da subito: Katia e Stephen per me e due colleghi d'ufficio per Andrea... Non volevamo né ricevimento né regali né altri invitati, se non Leonardo e loro. Dopo la cerimonia saremmo semplicemente andati a mangiare una pizza tutti insieme, come ci eravamo ripromessi di fare.

Dovevamo, però, acquistare un abito per quel giorno.

«Comprane uno che puoi indossare anche in altre occasioni,» mi aveva detto Andrea «ma non per risparmiare. Solo... voglio avere l'occasione di rivivere ancora il momento in cui diventerai ufficialmente mia moglie.»

«E il colore?» chiesi.

«Va bene quello che sceglierai tu... Per me puoi venire anche in jeans e maglietta... meglio se attillata e scollata» scherzò.

«Conti tu, non il vestito.»

Scartai jeans e t-shirt per una volta, ovviamente, e mi recai in un negozio d'abbigliamento. Era un po' troppo elegante per i miei canoni, anche se per il matrimonio volevo un abito speciale. Avevo scartato le boutique d'abiti da cerimonia perché Andrea e io avevamo optato per la semplicità e volevamo evitare di buttare denaro: la nostra idea era stata quella di recarci presso un'agenzia specializzata nell'organizzazione di matrimoni e farci fare un preventivo per una cerimonia standard, poi togliere da quella cifra ciò che effettivamente avremmo speso e devolvere la differenza al reparto di pediatria dell'ospedale della città. Questo fu il motivo che mi spinse a uscire dal negozio in cui mi trovavo e che mi guidò verso il centro commerciale più vicino: lì avrei trovato vestiti per ogni occasione e di tutti i prezzi.

Iniziai la mia ricerca. Valutai più abiti (lunghi, corti, stretti, comodi, bianchi, rosa confetto, azzurri, avorio…) e alla fine mi cadde l'occhio su un bellissimo vestito bianco con fiori di varie tonalità di azzurro e blu, senza spalline, stretto nel corpetto e più morbido e arricciato dalla vita in giù, con una cintura alta blu (se la si preferiva, c'era l'alternativa in bianco) in vita. Si poteva completare, volendo, con una stola in tulle. Lo provai in camerino. Mi ammirai e rimirai allo specchio a destra e sinistra, davanti e dietro per vedere se mi facesse qualche difetto. Era semplicemente perfetto!

Visto che la gonna dell'abito arrivava al ginocchio, provai anche un paio di sandali bassi, alla schiava, bianchi: si abbinavano benissimo a ciò che avrei indossato, così li acquistai. Spesi in tutto una sessantina di euro. Non era una cifra esagerata per un giorno tanto importante.

Andrea, invece, andò con Leonardo a scegliere un abito per entrambi e, nonostante le raccomandazioni del padre di mantenere lo stretto riserbo sulla loro scelta, appena restammo soli, il bambino, complici l'entusiasmo e la spontaneità, mi raccontò nei minimi particolari gli abiti che avevano comprato, senza tralasciare il totale della spesa sostenuta. A nulla erano valsi i miei tentativi di bloccarlo: Leonardo, quando iniziava un discorso, andava dritto come un treno, era un fiume di parole che difficilmente si fermava.

«Ma, Leonardo, il papà non ti aveva detto di non dirmi nulla?» gli domandai, quando si decise a darmi retta.

Il bimbo, accortosi dello sbaglio, si portò le manine alla bocca e mi guardò, sorpreso egli stesso del suo entusiasmo. «E adesso?» chiese.

Risi di cuore. «E, adesso,» dissi, portandomi l'indice sulle labbra «*sst*! Cerchiamo di non fargli sapere che me l'hai detto… Pensi di riuscirci?»

«Sì, sì» promise il piccolo. «Però mi dispiace» aggiunse desolato.

«Non c'è niente di male nell'avermelo detto. Non li ho visti, perciò… e poi, se vuoi la verità, ero talmente intenta a cercare di interromperti che non ho sentito molto della tua descrizione…»

«Davvero? Però il papà ci teneva e io non sono stato zitto…»

«Allora facciamo una cosa: anch'io ti descrivo il mio abito, ti va? Così siamo pari.»

Annuì. L'ombra di tristezza era già scomparsa per lasciare spazio a un largo sorriso e alla curiosità.

Gli raccontai del primo negozio in cui ero entrata, poi del centro commerciale sino alla mia scelta finale.

«Sarai bella come una principessa!» constatò il bambino.

«Sei un tesoro.» Lo abbracciai.

Il giorno successivo allo shopping, accompagnai Leonardo agli allenamenti. Trascorsi il paio d'ore con un libro, seduta su una panchina all'ombra di un grande albero nel parco. Senza la presenza di Giorgio ero riuscita finalmente ad assaporare la bellezza di quel posto e a cogliere, per l'intera attesa, le gioiose grida dei piccoli atleti che lo frequentavano. La volontà, l'impegno, la felicità di vivere di quei bambini facevano di loro dei piccoli grandi eroi: la loro lotta nel realizzare i propri sogni, nonostante le dure prove che la vita aveva messo loro davanti, era un esempio da seguire. La loro forza e caparbietà erano ammirabili. Le scuole che, con una scusa o un'altra, rinunciavano alla loro presenza, perdevano una ricchezza immensa e privavano gli altri studenti di un tesoro. Quei bambini avevano colto pienamente il valore e il senso dello sport: voglia di stare insieme, divertimento, solidarietà, amicizia e, ovviamente, movimento… A giudicare dai resoconti dettagliati delle ore trascorse con amici e compagni di squadra che puntualmente Leonardo mi faceva, pareva che quel tempo passasse sereno e gioioso, senza invidie, competitività o pretese di vincere a ogni costo.

Portarlo lì si era rivelata una grande occasione di crescita e di socializzazione per lui. Opportunità che, purtroppo, la scuola gli aveva fino a quel momento negato, ma che gli spettava di diritto. Ma, nonostante tutto, ero fiduciosa: entro settembre, durante la navigazione, collegandoci tramite internet, avremmo certamente trovato un istituto degno di essere chiamato tale, dove mio figlio avrebbe potuto recarsi fisicamente e vivere una vita come tutti gli altri bambini della sua età.

Venne il venerdì sera. Il giorno successivo ci sarebbe stato il matrimonio.

Eravamo a casa in compagnia di Katia e Stephen. Quest'ultimo e Leonardo erano diventati grandi amici e, spesso, si sedevano a suonare insieme inventandosi melodie e improvvisando canzoni strambe. Si divertivano un mondo. Non so se Stephen avesse o meno altri amici, ma ne dubitavo, perché trascorreva la giornata in negozio e passava, generalmente, la sera da noi per provare i pezzi che avremmo portato alla festa… Forse la sua spiccata sensibilità e umanità contrastavano con l'egoismo e il bullismo che si respiravano tra i giovani della sua età in paese, intenti a sballarsi a ogni costo, scambiando alcol e droghe per divertimento.

Anche Katia, però, pareva non avere una gran cerchia di amicizie: diventata la cantante ufficiale del gruppo, ci passava a trovare ogni sera… Con mio enorme piacere, direi. Noi «lupi solitari» (noi cinque) eravamo diventati una sorta di famiglia. I miei due ex colleghi non avevano molti anni di differenza e questo aveva favorito un'intesa che, inizialmente, pareva impossibile. A volte, quando pensavano di non essere visti, avevo l'impressione di cogliere degli sguardi tra loro che andavano ben oltre l'essere semplici colleghi: erano complici, intimi. Non ne parlai né con loro né con Andrea o Leonardo, perché non amavo intromettermi e perché rispettavo la loro privacy. "Ce ne parleranno loro, nel caso…" pensavo.

In un momento in cui ero andata in cucina a prendere ancora delle bibite, Katia mi raggiunse.

«Elena, sei pronta per il grande passo?» mi chiese.

«Sì.»

«Ma non l'hai mai sognato come quello delle favole? Voglio dire con una carrozza trainata da cavalli bianchi, una chiesa piena di fiori, tanti invitati, una festa, un pranzo…»

«Non mi sposo in chiesa.»

«Lo so, ma nulla ti vietava tutto il resto.»

«Domani, in comune, avrò tutto quello che desidero dalla vita… Non ho bisogno di nient'altro.»

«Non lo so… Se in futuro decidessi di sposarmi, vorrei fosse un giorno indimenticabile» disse pensierosa.

«E chi ti dice che il mio non lo sarà, nonostante la sobrietà e l'essenzialità? È l'amore a rendere quel giorno speciale e indimenticabile.» Le sorrisi.

«È così sbagliato sognare in grande?»

«Affatto! Ognuno di noi ha sogni e desideri differenti. Non c'è nulla di male nel voler abbellire e condividere una giornata speciale… Solo che, per me, è sufficiente sapere che diventerò la moglie dell'uomo che amo e ufficialmente la mamma di Leonardo, visto che ho intenzione di adottarlo… Per quanto mi riguarda, è già di per sé un motivo di festa. Non mi occorrono cose superficiali e materiali per renderlo indimenticabile.»

«Sei sempre stata una ragazza diversa, speciale. Bellissima nella tua semplicità. Hai ragione: non ti servono trucchi o abiti eleganti, perché sei meravigliosa così come sei!» Mi abbracciò. «Spero che tu sia sempre felice, Elena, perché lo meriti.»

«Grazie» le dissi, rispondendo a quel gesto di affetto.

Tornammo dagli altri. Restammo tutti insieme ancora per un po', poi Katia mi diede un passaggio fino a quella che era stata la mia casa prima di traslocare da Andrea. Lì avevo portato l'abito per il matrimonio, perché, come da tradizione, il mio futuro marito avrebbe visto il mio vestito solo all'arrivo in comune, e in quel luogo avrei passato l'ultima notte da nubile. La mia amica sarebbe passata a riprendermi l'indomani mattina e, insieme, saremmo andate a casa di Stephen, per poi raggiungere tutti e tre il municipio, dove ci avrebbero attesi Andrea, Leonardo e i suoi testimoni.

Non dormii per tutta la notte. Sapevo che, in fondo, non sarebbe cambiata di molto la mia vita da quella che già facevo, ma quel passo sarebbe stato davvero importante.

Sarei diventata la *signora Moretti* e avrei potuto adottare il nostro bambino.

Guardai la sveglia. Le cinque e mezza. Mi girai e rigirai nel letto, poi decisi di alzarmi e iniziare la giornata nel migliore dei modi quando si vive da soli: cantando mentre ci si prepara un caffè. Ovviamente a squarciagola, pur essendo stonati. Il vantaggio di vivere in un ex negozio era quello di non avere vicini da poter svegliare. Andai in cucina, accesi la luce e misi la caffettiera sul gas. Mentre aspettavo che la moka facesse il suo inconfondibile rumore sprigionando al contempo l'immancabile aroma, mi arrivò un messaggio.

"Strano," pensai "chi può essere alle sei meno un quarto del mattino?"

Presi il telefono. «Buongiorno, amore. Non so tu, ma io non ho chiuso occhio… Mi sto preparando un caffè. Baci, Andrea.» Risi alla coincidenza, poi inquadrai la caffettiera sul gas, scattai una foto col cellulare e gliela inviai scrivendoci sotto: «Idem. Baci, amore».

Altro messaggio: «E se facessi un salto da te?».

Gli risposi con la faccina che faceva la linguaccia, pensando scherzasse.

«Sono serio.»

«Per tradizione, lo sposo e la sposa non possono vedersi prima del matrimonio… In verità abbiamo già trasgredito la regola che prevede che già dalla sera prima non debbano vedersi…»

«Ma io sono un uomo moderno, mica tradizionale… E poi gli sposi non si vedono prima del matrimonio solo nelle nozze combinate…»

«La mattina delle nozze, prima della cerimonia intendevo» precisai accompagnando il mio messaggio con la faccina che ride.

«A dopo, amore. Oggi è l'ultimissima mattina che passi in quella casa.»

Era vero. Erano le ultime ore che avrei trascorso in quel negozio adibito ad appartamento che, per anni, m'aveva accolta dopo il lavoro. Per un attimo provai un po' di malinconia: amavo quel posto. Era piccolo, ma accogliente, caldo, luminoso e comodo.

Mentre assaporavo il mio caffè, la mente tornò alla sera in cui, bagnata fradicia, Andrea mi aveva dato un passaggio riaccompagnandomi a casa. Lì. Era stato tra quelle mura che avevo avuto modo di conoscere il vero volto di Andrea, quello profondo, sensibile, umano, intelligente che mascherava dietro il lato ironico, cinico, canzonatorio e scherzoso sfoderato fino a quella sera.

Risi nel ricordare quanto irritante l'avessi trovato nei primi tempi… Se m'avessero detto allora che saremmo diventati marito e moglie, non ci avrei sicuramente creduto: l'avrei considerata una follia!

Guardai ancora l'ora. Le sei. Optai per una doccia veloce, calda e rilassante. Con ancora l'accappatoio addosso, sentii suonare il campanello. Pensai che Andrea avesse deciso di sfidare la sorte, presentandosi comunque a casa mia. Sbirciai fuori: era Katia.

«Ciao. Stai bene? Qualcosa non va?» chiesi subito, preoccupata visto l'orario, aprendo la porta.

«Tutt'altro. Va tutto benone! Sono venuta ad aiutarti a vestirti, pettinarti e per un leggerissimo filo di trucco.»

«Ma non dovevi disturbarti! Sono le sei e venti, io e Andrea ci sposiamo alle undici e mezza!»

«Disturbarmi? Non è affatto un disturbo!» affermò entrando in casa.

In una mano reggeva un abito ben stirato avvolto in un cellophane e nell'altra una borsa di carta.

Appoggiò il vestito sullo schienale di una sedia, stando attenta a non stropicciarlo, e la borsa sul tavolo. L'aprì e ne estrasse una piastra arricciacapelli, delle forcine, degli elastici, delle roselline di stoffa bianche e un cofanetto di trucchi. «Ah, dimenticavo!» disse, frugando ancora nella borsa e recuperando la lacca per capelli. «Bene, direi che non manca nulla!» constatò, ricontrollando le cose sparse sul tavolo.

«Posso offrirti un caffè?» le chiesi.

«Grazie, ma l'ho appena bevuto a casa mia… Non per sminuirti, ma io amo quello della macchina per il caffè: è più simile a quello del bar… Me lo rioffrirai quando sarai la signora Moretti e vivrai definitivamente a casa di Andrea che non ha la caffettiera.»

«Antipatica!» risposi, facendole una linguaccia. «Sappi che ho tutta l'intenzione di portarmi la mia moka anche là!» scherzai.

«Indovina chi verrà a vivere qui dalla prossima settimana!» disse cambiando discorso.

«Non saprei… Tu?» azzardai.

«No! Io amo troppo la città!»

«Chi allora?»

«Stephen!»

«*Stephen*? Davvero? Ha deciso di lasciare casa dei suoi e di andare a vivere da solo?»

«Sì, ha detto che ormai, con un lavoro stabile, è economicamente indipendente e può anche permettersi di cercare di realizzarsi, di rincorrere e raggiungere i propri sogni autonomamente.»

«Glielo auguro, è un bravo ragazzo» dissi.

«Già. Vorrebbe anche poter formare una band e suonare nei locali la domenica.»

«Ha talento, è creativo e portato per la musica. Mia auguro riesca nel suo intento… Tu potresti fare la cantante del suo gruppo!»

«Me l'ha già proposto, sai?»

«Veramente? E hai accettato?»

«Sì» disse.

«Katia, sei diventata tutta rossa!» osservai.

«Ma cosa dici?» rispose, cercando di nascondersi.

La guardai con espressione indagatrice.

«Ok! Ok! Tanto prima o dopo verresti a saperlo… Stephen e io… stiamo insieme!» Sorrisi. «Aspetta! Aspetta! Lo sapevi già? Com'è possibile? Solo lui e io lo sapevamo, fino a questo momento…»

«Semplicemente ho due occhi, Katia… che colgono certi sguardi…»

Mi fissò. «E una grande sensibilità, bisogna riconoscerlo.»

«Non l'ho detto a nessuno, però: ho pensato fossero cose vostre e che doveste essere voi a decidere se dirlo e a chi.»

«Non avevo dubbi. Sono io un po' titubante a farlo sapere in giro… fosse per Stephen, lo urlerebbe.»

«Non sei sicura dei tuoi sentimenti?» chiesi.

«Lo sono! Ma temo il giudizio della gente: io sono più grande di lui e sono la proprietaria del negozio in cui lavora… e tra qualche ora anche della casa in cui vivrà…» spiegò.

«Non devi curarti di ciò che gli altri dicono o pensano, Katia. Segui solo il tuo cuore e goditi la felicità che la vita ti offre. Guarda me!» continuai. «Andrea ha molti più anni di me, ha un figlio ed è ricco… Cosa credi che dicano di me le persone? Io so ciò che lui e io proviamo: solamente questo conta, non gli altri!»

«Hai perfettamente ragione!» rispose, dopo un attimo di riflessione. «Non ho nulla di cui vergognarmi né da nascondere!» affermò convinta.

«Esatto!» le feci eco.

«Bene, ora mi sento molto meglio! Direi che possiamo iniziare a prepararti per la cerimonia, altrimenti arriverai in ritardo.»

Andai in camera e indossai il mio vestito, poi mi ripresentai davanti a lei che mi attendeva con l'arricciacapelli già tra le mani.

«Wow! Sei uno splendore!» mi disse Katia, vedendomi.

Mi sedetti su una sedia e lasciai che la mia amica liberasse la sua creatività di parrucchiera alle prime armi.

«Non per mancanza di fiducia… Sei sicura di saper usare la piastra? Non mi brucerai i capelli, vero?» m'informai.

«Fidati! In famiglia, quando c'è qualche evento, sono io che pettino le mie sorelle e mia mamma.»

Mentre mi acconciava, mi parlò di come andava il negozio e delle modifiche che stava pensando di apportare per cercare di renderlo più moderno. «Bisogna stare al passo con i tempi e soddisfare il più possibile la clientela: ultimamente vengono a comprare anche ragazze giovani… Sospetto per la presenza di Stephen: sai come sono le ragazzine… E preferiscono composizione strane. Il mio ragazzo è un mago nel realizzarle, si vede che ha frequentato un liceo artistico!» mi spiegò. «*Et voilà!*» esultò poi. «Anche l'ultimo boccolo è fatto! Ora ti raccoglierò i capelli con un fermaglio e li fisserò con delle forcine. Infine, penserò a inserire le roselline…»

Con attenzione e precisione sistemò anche l'ultima ciocca di capelli. A ogni movimento, studiava l'effetto nell'insieme. Quando ebbe la certezza di aver fatto un ottimo lavoro, urlò: «Fatto! Finito!».

Estrasse dalla borsa di carta uno specchio portatile e me lo pose dinnanzi.

«Allora? Che ne pensi? Ti piaci?»

Mi guardai e rimasi a bocca aperta. «Non sembro nemmeno io!»

«Ti piace?» chiese nuovamente, temendo che l'acconciatura non fosse di mio gradimento.

«Se mi piace? Sei stata bravissima!»

«Grazie» disse, tirando un respiro di sollievo. «E ora, il trucco. Se non ti dispiace, io avrei pensato solo a un po' di fondotinta chiaro, mascara e rossetto: sei una ragazza acqua e sapone, non ti donerebbe un trucco pesante.»

Con la stessa abilità e concentrazione che aveva impiegato nell'acconciatura, si dedicò al viso.

Era incredibile la quantità di cosmetici presenti sul mercato: mentre osservavo il cofanetto di Katia, mi resi conto che di alcuni nemmeno sapevo il nome né a cosa servissero…

La mia amica applicò sul mio viso un velo di fondotinta, lo fissò con della cipria e rimarcò con un po' di blush le guance. Passò poi le ciglia con il mascara e sulle labbra mi mise un rossetto rosa che ridefinì, successivamente, con una matita leggermente più scura.

Posò tutti i trucchi. Mi guardò e, sicura di aver ottenuto il risultato che si era prefissata, mi rimise davanti lo specchio.

Sgranai di nuovo gli occhi.

«Qualcosa non va? Se non ti piace, posso rifartelo» disse lei, allarmata.

«Scherzi? È perfetto, Katia!» I colori erano tenui, per cui il risultato era bellissimo. «Grazie. Io non avrei saputo né potuto fare un lavoro più bello. Sai, non mi sono mai truccata…»

Guardò l'ora. Nove e un quarto. «Meglio se mi preparo anch'io, la cerimonia è prevista per le undici e mezza, ma dobbiamo passare a prendere anche Stephen.»

Prese il vestito dalla sedia e andò in camera a indossarlo, poi si sedette al tavolo con davanti lo specchio, si acconciò i capelli e si truccò.

Era davvero elegante. L'abito che aveva scelto era un tubino azzurro corto con le spalline. Le scarpe erano bianche, con un tacco a spillo molto alto e un fiocco sul tallone.

«Che dici, è troppo corto il vestito?» domandò preoccupata.
Scossi il capo. «Saremo in municipio, non in chiesa» le ricordai.
«Hai ragione.»
«Sei splendida, Katia.»
«Grazie. Allora, sei pronta? Partiamo?» chiese prendendomi le mani.
«Sì.»
«Tremi, Elena. Sei emozionata?»
«Tanto.»
«Vieni qui» disse abbracciandomi. «Andrà tutto bene, vedrai.»
Annuii.
«Coraggio, andiamo!»
Chiusi per l'ultima volta la porta di quella casa. Salimmo in macchina, passammo a prendere Stephen e, in pochi minuti, fummo in centro. Lì, fuori dal municipio, ci aspettavano Andrea, Leonardo e i testimoni.
I miei due amici scesero dall'auto. Andrea si avvicinò e mi aprì la portiera. Mi prese una mano e mi invitò a scendere.
Mi baciò, visibilmente emozionato.
«Sei bellissima, amore!»
«Anche tu.» Lo ammirai nel suo elegante completo grigio fumo, con la camicia bianca, una cravatta color carta da zucchero e le scarpe nere.
«Pronta? Rimpianti? Ripensamenti?»
Scossi il capo. «Ti amo» sussurrai.
Mi sorrise. «Chi l'avrebbe mai detto che avrei messo la testa a posto? Hai stroncato la mia carriera di dongiovanni!»
«Wow, che parole romantiche prima della cerimonia!» scherzai.
«Sei la mia piccola strega!»
Raggiungemmo gli altri.
«Sei bellissimo!» constatai, abbracciando Leonardo.
«Sembri una principessa, mamma!»

Lo ringraziai.

Anche Stephen si era congratulato con me in macchina. «Merito di Katia» gli avevo risposto. «È lei che ha compiuto il miracolo.»

«Sei bella di natura, Elena!» constatò la mia amica, di fronte all'osservazione di Leonardo.

«Anche con jeans e felpe XXL…» aggiunse Andrea.

Ridemmo tutti.

Dopo le presentazioni dei testimoni dello sposo, entrammo nell'ufficio del sindaco che ci attendeva, con la fascia tricolore, dietro a un enorme scrivania. Letti tutti i diritti e doveri che quell'unione avrebbe comportato e poste le firme, il Primo Cittadino ci dichiarò ufficialmente marito e moglie.

Andrea e io ci guardammo con gli occhi lucidi per l'emozione e la gioia. Fece un passo verso di me, mi prese delicatamente il viso tra le mani e mi baciò con dolcezza davanti a tutti.

«Evviva gli sposi!» gridarono all'unisono i presenti.

«Mamma! Papà!» Leonardo ci era accanto e aveva le braccia tese. Lo stringemmo forte tutti e due. «Ora siamo una vera famiglia!» disse.

«Lo siamo sempre stati» rispose Andrea.

«Non vorrei sembrare maleducato, ma a me è venuta una gran fame!» si intromise Stephen. Katia lo rimproverò. «Intendevo dire che *Leonardo* ha una gran fame… Sai come sono i bambini…» scherzò il ragazzo.

«Sì, lo so esattamente come sono, visto che lavoro assieme a uno di loro tutto il giorno al negozio…» controbatté Katia.

«Ma è vero!» confermò Leonardo. «Io ho fame!»

Stephen si chinò e bisbigliò all'orecchio dell'amico. «Ti devo un gelato!»

«Ehi, dico! Sei peggio di un bambino dell'asilo!» La mia amica rimbrottò ancora il fidanzato.

«Scusa» rispose lui assumendo un'aria pentita.

«In effetti, non so voi, ma anche io ho un certo appetito» disse

Andrea per salvare il mio testimone. «Vogliamo andare a mangiare?» propose.

Approvammo tutti e ci incamminammo verso la pizzeria lì vicino.

«Se non vi va la pizza, ragazzi, ordinate ciò che volete, non fatevi problemi» disse mio marito.

Più che un pranzo nuziale pareva un semplicissimo incontro tra amici. Il clima familiare, scherzoso, leggero era tipico delle compagnie che si ritrovano la sera al bar.

I due colleghi di Andrea, Simona e Davide, fecero presto amicizia con Katia e Stephen. Anche loro erano una coppia nella vita e già convivevano.

«Sarebbe fantastico se trascorressimo le vacanze tutti insieme!» affermò Stephen.

«Sì, lo sarebbe, ma Simona e io siamo già d'accordo con la sua famiglia di passare con loro l'estate, visto che ci possiamo vedere soltanto un paio di volte all'anno: abitano in Argentina e il viaggio è lungo e costoso, così li raggiungiamo solo durante le nostre ferie estive e in occasione del Natale» rispose Davide.

«Capisco, è giusto.»

«Anche noi tre temo dovremo darti buca» mi intromisi. «Alla fine del mese partiamo per tutta l'estate per il mare.»

«Ma come? Non lo sapevo! Dove andate?» chiese.

«Sto per concludere l'acquisto di uno yacht» rispose Andrea. «Navigheremo in giro per il Mediterraneo.»

«Capisco» ripeté ancora Stephen.

«Perché non vieni anche tu?» Leonardo si illuminò. «Papà, vero che può venire anche lui?»

«Se lo vuole, certo! Può unirsi a noi. C'è posto per sei persone.»

Stephen guardò Katia. «Grazie, ma devo lavorare e non voglio lasciare Katia da sola.»

La mia amica colse subito il rammarico del fidanzato di dover rinunciare a quella vacanza con il suo piccolo amico.

«E chi ti dice che non mi unisca anch'io a voi?» domandò allegra.

Stephen sfoggiò un sorriso radioso. «Davvero? Oh…» Prese il viso della sua ragazza e le diede un bacio. «Cielo, Katia, quanto ti amo!»

Andrea e Leonardo li guardarono sorpresi.

«Mi sono perso qualcosa?» mi sussurrò Andrea.

«Credo proprio di sì» risposi ridendo. «Stanno insieme.»

«Da quando?»

«Da un po'?»

«E tu non me l'hai detto?»

Feci spallucce. «Toccava a loro farvelo sapere.»

«È l'unico segreto che avevi, vero?» scherzò.

Gli feci una buffa smorfia di risposta.

«E il negozio?» si preoccupò Stephen, non prestando attenzione a me e Andrea.

«Ehi, stai cercando scuse per partire senza di me?» lo prese in giro Katia. «In estate, in paese, nessuno compera fiori, sono tutti in vacanza o chiusi in casa al fresco. Se chiudo, non avrò una gran perdita… I clienti ci vogliono bene, capiranno e torneranno quando riapriremo, vedrai… Dove li trovano due come noi? Ma, ti dirò, se le cose non dovessero andare così, potremo sempre riaprire in un altro paese: la vita è una e certe occasioni si presentano solo una volta!»

Passammo una giornata indimenticabile all'insegna del buon umore e delle battute.

Nel tardo pomeriggio, ci salutammo. Ringraziammo Simona e Davide per la disponibilità e la compagnia e abbracciammo Katia e Stephen.

Mentre facevamo ritorno alla villa, Leonardo si addormentò appoggiato alla portiera. Lo guardavo dormire dallo specchietto retrovisore. Aveva un'aria così tranquilla e serena!

Andrea posò la sua mano sulla mia, senza distogliere l'attenzione dalla strada.

«Sei felice?»

Gli strinsi forte la mano. «Tanto!»

Mi sorrise.

«Allora verranno anche i nostri amici con noi in barca...»

«Pare di sì. Leonardo non si annoierà di sicuro!»

«Bisogna ammettere che alcune volte è più bambino il tuo ex collega di lui!» Rise.

«Fanno proprio una bella squadra» asserii.

Arrivati a casa, mangiammo un piatto di pasta e poi, dopo cena, andammo tutti e tre a letto stanchissimi. Nonostante il sonnellino in auto, Leonardo si addormentò subito.

Andrea e io passammo la nostra prima notte di nozze stretti l'uno all'altra, a ripercorrere la giornata e a fare progetti per il futuro.

«Elena» disse a un certo punto.

«Dimmi.»

«Non mi dispiacerebbe, sai, diventare ancora papà...»

Uscì con questa dichiarazione all'improvviso. Mi alzai leggermente con la schiena per guardarlo negli occhi. C'era buio nella stanza ma la luna, come sempre, con la sua luce, la illuminava.

«Puoi ripetere, scusa?»

«Ho detto che mi piacerebbe avere dei bambini con te.»

«Dici sul serio?»

«Mai stato così serio.»

«Temevo non me l'avresti mai detto... Abbiamo già Leonardo...»

«Sì, ma io li vorrei *da te*. Vorrei vederti col pancione, sentirli scalciare, tenerli in braccio, sentire il loro profumo, svegliarmi nel cuore della notte, cambiar loro il pannolino, ascoltare le prime paroline, tenerli per mano mentre compiono i primi passi... Con Leonardo mi sono perso tutte queste gioie... Perché piangi?» domandò, asciugandomi le lacrime.

«Sono felice!»

«Ebbene… Visto che entrambi siamo d'accordo su questo tema, direi di iniziare fin da ora a provare a realizzarlo… Sai, io ho una certa età e, siccome ne vorrei tanti, meglio mettersi immediatamente all'opera!» scherzò.

«Con molto piacere!»

«Ah sì, eh?»

Mi fece sdraiare e, in un attimo, si portò su di me. Facemmo l'amore come se fosse la prima volta.

Fare l'amore con Andrea era dolcezza e passione, tenerezza e ardore allo stesso tempo… Era bellissimo, semplicemente. Non era solo un incontro di corpi, ma anche di anime e di cuori che si cercavano e completavano.

15

Finita la stagione sportiva di basket e celebrate le nozze, rimaneva solo il concerto alla festa del paese a separarci dal nostro viaggio in mare.

In centro, c'era un gran fermento tra i commercianti e gli organizzatori per allestire al meglio la piazza e le vie entro la domenica.

Anche Katia e Stephen stavano sistemando il negozio, creando ghirlande con i fiori e potando i cespugli in modo tale da dar loro forme di animali.

Ovviamente Leonardo e io ci offrimmo di aiutare. Il mio bambino era, come sempre, pieno di entusiasmo e voglia di fare. Quando c'era di mezzo il suo amico, poi, il divertimento per loro era assicurato! Più che lavorare sembravano giocare, tanto si divertivano.

«Ma lo sai che Stephen ha in mente di provare a riprodurre dei quadri famosi? Naturalmente con dei fiori artificiali...» mi rivelò Katia.

«Direi che è un'ottima idea!»

«Ha già provveduto ad acquistare dei pannelli di polistirolo e una moltitudine di fiori finti per realizzarli...»

«I fiori artificiali dureranno di più e potrete anche vendere i pannelli durante la festa, esponendoli all'esterno, e anche nei giorni successivi in negozio... Sono certa che sarà un successo!»

«Già, ma serve tempo per crearli...»

«Be', tagliati i cespugli, Leonardo e Stephen potranno dedicarsi ai quadri.»

«Ma c'è anche la clientela da servire... In questi giorni è aumentata: tutti vengono a comprare da noi fiori e piante per abbellire le case, i negozi e l'esterno…» Katia sembrava seriamente preoccupata.

«Ti darò una mano io. Tanto anche noi abbiamo quasi finito con l'allestimento. Non mi costa nulla venire ogni giorno per tutta la settimana.»

«Davvero lo faresti?» mi domandò, grata.

«Sicuro! Per me, è un piacere lavorare qui, lo sai.»

«Sei una vera amica! Corro subito di là a dire a Stephen che può iniziare i suoi quadri, finito di potare. Ne sarà felicissimo!»

Che gioia provarono i *due* bimbi, di là!

Per i giorni successivi, Katia e io ci impegnammo nello svolgere il consueto lavoro in negozio, mentre Stephen e Leonardo realizzarono le opere d'arte floreali. Nessuno sapeva se fossero impegnati entrambi sulla stessa opera o se ognuno dei due ne stesse facendo una propria… Era tutto *top secret*. La sola certezza era che si stavano divertendo un mondo, come sempre quando erano insieme.

Era incredibile come il mio piccolo riuscisse a mantenere il segreto su cosa stessero combinando, quando non aveva saputo tacere nemmeno sull'abito del matrimonio!

Lui e il suo compare passavano le giornate nel magazzino accanto alla serra e le risate e le chiacchiere allegre arrivavano fino al negozio e, spesso, i nostri clienti abituali facevano commenti divertiti, contagiati dalla gioia che si respirava.

Venne il giorno della festa: finalmente il segreto sarebbe stato svelato. Andrea passò in negozio per vedere cosa quei due avessero combinato. Lui, Katia e io attendevamo con ansia sul marciapiede davanti all'ingresso del vivaio. Per l'occasione, avevamo provveduto ad attaccare dei ganci alla parete esterna per poter esporre i quadri.

Stephen portò tre pannelli di polistirolo, coperti, dal magazzino. Uno lo lasciò momentaneamente in negozio, il secondo lo pose tra le mani di Leonardo e l'ultimo lo prese tra le sue.

Eravamo tutti impazienti. Intanto, una piccola folla di curiosi si era radunata intorno a noi: tanti erano nostri clienti.

«Pronto?» domandò il ragazzo al bambino. Il piccolo annuì e lui gli sorrise. «E allora… giriamo!» Entrambi voltarono verso di noi le loro opere d'arte. Rimanemmo tutti quanti senza parole per qualche secondo, poi ci fu uno scrosciare di applausi.

«Bravi!» urlarono i presenti.

I due si lanciarono sguardi di soddisfazione. Erano lavori veramente favolosi! Due capolavori (*Campo di grano con corvi* e *I girasoli*) di Van Gogh riprodotti con piccoli fiori artificiali. Ovviamente non potevano essere state rappresentate tutte le sfumature dei dipinti originali, ma i due artisti avevano comunque utilizzato varie tonalità per mettere in evidenza luci e ombre.

Stephen appese le due riproduzioni ai ganci esterni e corse dentro a prendere il terzo pannello. Chiese a Leonardo di reggerlo da una parte e lui lo tenne dall'altra. Insieme tolsero il leggero telo che lo nascondeva e venne scoperto un insieme di rose che andava a comporre un quadro di Monet: *San Giorgio Maggiore al crepuscolo*.

Semplicemente un'altra meraviglia! Per questo, i due artisti avevano utilizzato delle roselline minuscole.

Di nuovo, applausi dalla folla divenuta più numerosa.

Katia, Andrea e io corremmo ad abbracciarli e a congratularci per l'ottimo lavoro.

Molti presenti si avvicinarono per fare anche loro i complimenti e informarsi sui materiali utilizzati per creare quei lavori.

«Servono polistirolo, colla, fiori artificiali, fantasia, tanta pazienza e moltissima voglia di divertirsi! Vero, amico mio?» spiegò loro Stephen.

«Fate corsi?» chiese una donna.

Il giovane guardò Katia. «È un'idea! Sì, potremmo organizzarli! Sicuramente!» rispose.

«Posso iscrivermi?» volle sapere ancora la signora.

«Certo. I corsi saranno aperti a tutti!»

«Allora vi lascio il mio nome e numero di telefono. Così potrete avvisarmi circa quando si terranno.»

Stephen corse in negozio a prendere il blocco e una penna. Alla signora si unirono altri futuri allievi. Si avvicinò timidamente anche una madre con una bimba su una sedia a rotelle. La bambina guardò Leonardo.

«Ciao, sono Leonardo» si presentò lui.

Da tempo avevo constatato che, da quando il mio bambino frequentava la palestra e Stephen, aveva sempre più piacere a stringere nuove amicizie e a stare con la gente.

«Ciao, io mi chiamo Swami.»

«Wow! Che bellissimo nome! Non l'avevo mai sentito prima d'ora!»

«È un termine indiano, significa *amore*» spiegò la bimba.

«Posso iscrivere anche mia figlia al corso?» chiese la madre.

«Certo che può! È la benvenuta… Vedo poi che sta già facendo amicizia con uno degli insegnanti» Stephen guardò i due bambini intenti a chiacchierare tra loro.

La mamma di Swami sorrise. «Grazie» disse, poi. «Non è facile trovare persone disposte a inserire nelle loro attività una bimba disabile: cercano sempre scuse gentili, come "non siamo attrezzati per accogliere al meglio sua figlia…", quando, in realtà, non serve nulla, solo spostare una sedia per far posto alla sua davanti a un tavolo…»

Stephen la guardò con comprensione e dolcezza. «Non si preoccupi, qui tutti sono i benvenuti! Gli unici che non vogliamo tra noi sono i bulli e i maleducati! Vero, Leo?»

«Come?» Il bambino era distratto e non aveva seguito il discorso dell'amico.

«Niente, niente» rispose Stephen ridendo.

«Ora, scusate,» intervenne Katia «ma dobbiamo preparare gli strumenti per il concerto di oggi pomeriggio. Siete tutti invitati!»

«Ci vieni?» Leonardo guardò la sua nuova amica e lei si girò verso la mamma che le annuì teneramente.

Un grande sorriso apparve sul viso della bambina che rispose con un deciso «sì».

Le persone ripresero la loro strada e noi cominciammo a sistemare le casse, il microfono e gli strumenti. Il cugino di Stephen portò, come promesso, la pianola che avrebbe sostituito il pianoforte, troppo ingombrante e complicato da trasportare.

Leonardo e io ci sedemmo a provarla, perché dovevamo prenderci la mano, così, intanto che gli altri finivano di preparare le ultime cose, noi due ci dedicammo alla musica.

Mancavano solo un paio d'ore. Mangiammo tutti lì, seduti fuori dal negozio, dei panini imbottiti e tranci di pizze che Andrea era andato a comperare nel panificio vicino.

Verso le tre del pomeriggio, le vie del paese cominciarono ad affollarsi. Persone del posto, ma anche abitanti dei paesi limitrofi, si riversarono per le strade in cerca di un pensiero da portare a casa o da regalare o, semplicemente, per trascorrere una domenica diversa dal solito.

Ogni negoziante aveva posto davanti all'ingresso vasi di margherite offerti dal comune e aveva addobbato l'interno con fiori di carta realizzati dai bambini dell'asilo, delle elementari e dai ragazzi delle medie locali.

Era la festa di primavera, quindi dei fiori, ma anche dei colori e dell'allegria.

In piazza erano state montate delle giostre ed erano stati posti dei gonfiabili; sui marciapiedi c'erano carretti che preparavano frittelle con crema alla nocciola o zucchero filato. Era accorso, per l'occasione, anche un gruppo di clown che realizzava figure con i palloncini e le regalava ai bambini che passavano loro davanti.

La nostra band cominciò a esibirsi verso le tre e un quarto.

Andrea si era offerto di presentare i nostri brani con una breve introduzione che riportava i musicisti originali, l'anno e il compositore. Iniziammo subito con il primo, che era anche lo stesso che provammo quella sera a casa nostra: *Run with me*. Seguirono *You are the reason*, sempre di Calum Scott, *A te* di Jovanotti, *We will rock you* dei Queen, *Someone you loved* di Lewis Capaldi… Avevamo scelto brani di artisti differenti per cercare di arrivare a tutti coloro che si fermavano ad ascoltare.

Ogni tanto, tra una canzone e l'altra, chiedevo a Leonardo se fosse stanco, ma era chiaro che fosse pieno di energia, di adrenalina, di entusiasmo. Si impegnava alla tastiera, concentrato, col sorriso sulle labbra… Era felice. Andrea ci guardava con espressione dolce e amorevole.

A ogni brano si aggiungevano nuove persone di diverse età: bimbi, ragazzi, adulti, anziani, e ognuno di loro applaudiva con convinzione e con il sorriso sulle labbra… Mi soffermai a pensare a quanto la musica fosse potente: riusciva a riunire generazioni diverse, a toccare i cuori, a farsi ricordo di una persona, di un istante, di un luogo…

Suonammo per quasi due ore e fu un vero e proprio successo. Per quasi tutto il concerto, notai un uomo sulla sessantina che seguiva i movimenti delle dita di Leonardo con attenzione e, spesso, lo vedevo annuire con un sorriso soddisfatto. Non l'avevo mai visto prima di quel pomeriggio.

Mentre gioivamo per la riuscita e il successo che avevamo riscontrato, al termine della nostra esibizione molti tra il pubblico vennero a stringerci la mano e a congratularsi con noi. Tra loro, anche l'uomo sulla sessantina, che si avvicinò a me, Andrea e Leonardo.

«Buongiorno. Ciao.» Tutti e tre ricambiammo il saluto. «Scusate l'intrusione. Posso farvi i miei più sinceri complimenti?» Ringraziammo. «Mi chiamo Augusto Rinaldi. Sono preside in una scuola di musica privata. Un conservatorio, per capirci. Ho ascoltato attentamente vostro figlio suonare. Ritengo che abbia un talento e una capacità fuori dal comune per la sua

età.» Lo ascoltavamo tutti e tre con attenzione. «Posso chiedervi che scuola frequenta attualmente e da quanto suona? Chi è il suo insegnante di pianoforte?»
Intervenne Andrea. «Leonardo, per il momento, non è più iscritto a nessun istituto. Fino al mese scorso, frequentava la scuola locale attraverso le lezioni da casa e, quando siamo andati per chiedere alla dirigente il permesso di passare alle lezioni in presenza, be'…» Si fermò un istante. Notai che la ferita e la rabbia erano ancora presenti. Lo sarebbero state per molto tempo, se non per sempre. Forse si sarebbero attenuate, ma non sarebbero mai passate completamente. «Be', diciamo che non è andata come ci aspettavamo. Abbiamo provato a rivolgerci anche ad altre strutture, ma con il medesimo risultato, purtroppo.»
«Capisco» disse con tono comprensivo il signor Rinaldi. «Purtroppo l'ignoranza e l'insensibilità dilaga ovunque e intacca anche luoghi insospettabili.»
Lui e Andrea si guardarono.
«Allora, Leonardo, ti piace suonare?» chiese direttamente al bambino. Il piccolo annuì. «Da quanto suoni? Chi ti ha insegnato? Hai un maestro?» ripeté.
Il bambino scosse il capo. «La mia mamma» disse prendendomi la mano. «Lei mi ha insegnato a suonare da qualche mese.»
«Suoni solo *da qualche mese*?» si stupì Augusto.
«Sì.»
«Ma è sorprendente! Sai che suoni meglio di alcuni allievi che frequentano la nostra scuola da anni? Veramente, hai un talento innato!»
«Grazie» rispose Leonardo timidamente.
«Non ti andrebbe di iscriverti nel nostro istituto? In presenza ovviamente» specificò. «È un po' distante da qui, però c'è la possibilità di dormire e mangiare lì, se vuoi. È una scuola che ospita studenti che soggiornano nell'istituto e alunni che, in-

vece, entrano solo dalle otto del mattino fino al termine delle lezioni, come in qualsiasi altra scuola. Se avrai bisogno di un aiuto per vestirti, spostarti o altro, troveremo sicuramente un insegnante che possa darti una mano.»

Leonardo pareva incantato e intenzionato ad accettare all'istante.

«Ti piacerebbe far parte della nostra grande squadra e famiglia?» gli chiese il preside.

«Tantissimo, ma devo chiedere prima al papà e alla mamma se posso…» rispose.

«Naturalmente. La nostra scuola si trova a una ventina di chilometri da qui. Organizziamo anche corsi estivi di un mese, se vuoi venire a provare, vederla e conoscere alcuni di quelli che diventeranno i tuoi compagni di classe e insegnanti. Vi lascio il mio biglietto da visita. Se deciderai di venire per l'estate, penserò io a sistemare il mese di prova. A voi non costerà nulla.»

«Posso chiederle perché fa tutto questo per noi?» domandai.

«Leonardo ha talento e deve avere la possibilità di mostrarlo e dimostrarlo» rispose il signor Rinaldi. «E poi… anch'io avevo una figlia costretta sulla sedia a rotelle e so le difficoltà, i muri d'ignoranza e i pregiudizi contro cui spesso ci si scontra.»

Percepii una certa commozione e tanto dolore nel tono con cui pronunciò quelle parole.

«Non so come ringraziarla, mi creda» disse Andrea. «Abbiamo cercato tanti istituti e abbiamo trovato solo porte chiuse e ora lei ci offre un'opportunità preziosa… È strana la vita, non pensa anche lei?»

«La scuola dovrebbe essere accoglienza, inclusione, collaborazione, educazione, conoscenza… e questi sono gli obiettivi principali che noi cerchiamo di raggiungere e offrire ai nostri studenti. Mi rendo conto che, come ho già detto prima, purtroppo, ci sono istituti che ignorano le risorse intellettuali che ognuno potrebbe apportare e sceglie, invece, vie più facili, delegando ad altri le responsabilità… Pensateci pure con calma. Parlatene. Noi saremmo contenti di avere tra noi Leonardo, ma anche lui e voi dovete esserlo. Non deve essere solo una scelta di ripiego, perché non trovate altro, ma una vera volontà di dare il giusto riconoscimento alla bravura di vostro figlio. Ora vi lascio. Ciao, Leonardo, e, sia che tu decida di studiare da noi, sia che tu prenda una strada differente, continua comunque a suonare, perché sei bravissimo!»

Ringraziammo e salutammo tutti e tre di cuore il signor Rinaldi.

Stephen, che fino a quel momento si era tenuto in disparte, si avvicinò e chiese curioso: «Allora, novità? Chi era quell'uomo?».

Il bambino gli raccontò, per filo e per segno, ciò che il preside aveva detto.

«Ma è fantastico! Batti un cinque amico! Ci andrai, vero?»

Leonardo fissò serio il papà. «C'è il nostro viaggio in barca…»

«Si può sempre rimandare. Studiare è più importante!» constatò il ragazzo.

Spostai lo sguardo dai due giovani verso mio marito. In effetti, il corso estivo e la scuola avrebbero annullato il progetto di navigazione. Sapevo quanto impegno aveva richiesto l'organizzazione del viaggio e sapevo quanto Andrea ci tenesse, ma vedevo anche l'opportunità di crescita personale e culturale, più unica che rara, che questa scuola rappresentava per nostro figlio.

«Vi va se ne parliamo con calma a casa?» propose Andrea.

Accantonammo temporaneamente la decisione da prendere e continuammo a divertirci.

Tornammo alla villa stanchi e carichi di nuovi progetti: il corso artistico e la proposta di studi… Seduti a tavola per cena, Andrea ruppe il silenzio che si era creato per riordinare le idee.

«Vuoi davvero andare in quella scuola? Naturalmente la frequenterai solo la mattina, ci penserò io ad accompagnarti e a venire a riprenderti: venti chilometri non sono molti.»

Leonardo ci pensò. «Mi piacerebbe tantissimo.»

«E tu, Elena, cosa ne pensi?»

«Credo che nulla capiti per caso. Abbiamo cercato tanto e, ora che ci viene offerta la possibilità che tanto volevamo, non dovremmo rinunciare. Se Leonardo vuole provare, io sono più che d'accordo!»

«Bene, domani mattina contatterò il signor Rinaldi per confermare la tua iscrizione sia al mese estivo sia a settembre.»

«E la barca, papà?»

Andrea sorrise. «Come ha detto Stephen oggi, può aspettare. Lo studio viene prima.»

«Evviva! Grazie, papà! Grazie, mamma!» strillò il bambino e riprese a mangiare con più lena. «Ho una fame!»

Come promesso, mio marito chiamò il preside la mattina successiva per l'iscrizione del figlio. L'uomo era entusiasta di avere tra i suoi studenti il nostro bambino. Ci venne richiesto di fargli pervenire tutti i dati del nuovo alunno e i nostri. Potevamo scegliere se mandarli tramite e-mail o se recarci personalmente sul posto. Se avessimo deciso per questa seconda opzione, il dirigente si offrì di mostrarci il suo istituto.

Stabilimmo di portarli di persona: Leonardo era impaziente e curioso di visitare la scuola e anche noi. Il signor Rinaldi fissò l'appuntamento per l'indomani mattina, spiegandoci come raggiungerlo.

Quando Andrea, Leonardo e io ci trovammo davanti la scuola, restammo tutti e tre sorpresi. Sembrava una villa del Seicento con colonnati, ampie vetrate, terrazze e un immenso parco con fontane, panchine e ricco di piante e fiori ben curati. Uno spettacolo!

«Wow!» esclamò il nostro bambino.

Fu l'unico commento, perché la bellezza di quel posto lasciava letteralmente senza parole.

Arrivammo all'ingresso e suonammo il campanello: essendo finito l'anno scolastico regolare, all'interno dell'istituto erano presenti soltanto il personale e i docenti, intenti a organizzare il corso estivo che sarebbe partito all'inizio del mese successivo. Venne ad aprirci una bidella che già era stata informata del nostro arrivo e, gentilmente, ci condusse subito dal preside.

«Benvenuti! Come state?» esordì, stringendoci la mano.

«Molto bene, grazie» rispondemmo in coro.

«Ne sono felice. È un piacere per me avervi qui ed è un'immensa gioia sapere che Leonardo sarà dei nostri. Prima di procedere all'iscrizione, voglio, però, mostrarvi le aule e i laboratori: è la nostra regola che prima di prendere una qualsiasi decisione, venga data la possibilità di vedere i luoghi che l'alunno frequenterà e di conoscere gli insegnanti... Se siete d'accordo, comincerei la visita.»

Se l'esterno lasciava senza fiato, l'interno non era da meno. Leonardo si guardava attorno con occhi sgranati per la meraviglia e lo stesso facevamo Andrea e io.

I pavimenti erano in marmo bianco, alle vetrate c'erano tendaggi leggeri, i lampadari avevano pendenti in cristallo, le porte erano alte, bianche, contornate da una sottile linea aurea ed erano dipinte al centro con delicati fiori rosa antico. Gli armadi e i banchi erano massicci e in legno scuro. Gli ambienti erano spaziosi, luminosi e molto puliti. Il signor Rinaldi non dimenticò di mostrarci anche i laboratori di musica, ovviamente, e c'erano aule suddivise in base allo strumento che ogni studente intendeva imparare.

«Ogni allievo può decidere di studiare uno o anche più strumenti, se lo desidera: basta specificarlo al momento dell'iscrizione, per permetterci di inserirlo nei corsi» spiegò il preside.

Arrivammo alla sala insegnanti. Un gruppo di professori stava avanzando delle proposte su come impostare le lezioni estive e ognuno stava dando la propria disponibilità in determinati giorni e orari.

Il nostro accompagnatore li interruppe momentaneamente e ci presentò.

Leonardo regalava sorrisi, stringeva mani e rispondeva alle domande degli insegnanti, volte a metterlo a suo agio e a permettergli di farsi conoscere e di conoscere a sua volta i suoi futuri professori.

Alla fine della visita, eravamo tutti e tre colpiti in modo piacevole da ciò che avevamo visto e il bambino confermò la sua iscrizione lì. Avrebbe seguito le lezioni di pianoforte, naturalmente.

Una volta in auto, tirò un gran sospiro. «Wow!» commentò di nuovo.

Scoppiai a ridere. Andrea mi guardò.

«Ho notato che *wow* è la parola più gettonata da Leonardo per descrivere questo posto.»

«In effetti…» Rise anche mio marito.

«Mi sarebbe piaciuto seguire anche il corso di chitarra, ma non voglio togliere il posto a Stephen nel gruppo.» Fece una pausa, pensando all'amico. «Papà, passiamo al negozio a raccontargli tutto?»

«Starà lavorando…»

«Dai, papà! Voglio che sappia a che scuola super bellissima mi sono iscritto! Per piacere!»

«Ok, ok! Prima o poi sono certo che Katia metterà alla porta una nostra foto con una barra sopra e la scritta: "Noi non possiamo entrare qui!"» scherzò Andrea.

«Mica siamo cagnolini!» specificò il bambino.

«No, solo dei rompiscatole!»

Ridemmo.

Giunti al negozio, Leonardo gridò: «Ciao, dov'è Stephen?».

«Buongiorno, ragazzi» rispose Katia. «Di là in serra.»

«Vado subito anch'io!»

«Leonardo, non è casa tua! Dovresti chiedere il permesso!» lo rimproverò il padre.

«Scusa. Posso andare di là, Katia?» domandò con aria mortificata il bambino.

«Ma certo che puoi! Stephen sarà felicissimo di vederti!»

«Grazie!» Poi, girandosi verso Andrea, gli fece una linguaccia. «Visto?»

«Ehi!» lo riprese ancora lui. «Non c'è più rispetto per gli anziani!» constatò sospirando, quando Leonardo uscì dalla visuale.

«Ci dispiace venire a disturbarti sempre mentre lavorate,» mi intromisi «ma siamo tornati adesso dalla visita alla nuova scuola di Leonardo e lui non vedeva l'ora di raccontare tutto a Stephen.»

«Non disturbate affatto, lo sapete. Siete sempre i benvenuti. Stephen, poi, so che voleva mettersi d'accordo con il piccolo per organizzare quei corsi per realizzare i quadri con i fiori. Sapendo che Leonardo avrebbe partecipato al progetto estivo di musica, stava pensando di far partire il corso già questo mese. La sua idea era di otto ore settimanali divise in quattro giorni.»

I probabili partecipanti erano numerosi, per cui sarebbe stato necessario dividerli in gruppi di una dozzina di persone ciascuno, per poter stare nel magazzino che non era sufficientemente ampio per ospitare tutti contemporaneamente.

Ci fermammo solo qualche minuto in negozio, poi, per studiare tutto con precisione, decidemmo di parlarne con calma, così invitammo la coppia a cena da noi.

16

Tutto sembrava aver preso il verso giusto. Leonardo aveva trovato posti, al di fuori della famiglia, dove potersi realizzare, confrontarsi e collaborare con altre persone di ogni età.

Era sempre bello avere Katia e Stephen a cena, erano come il fratello e la sorella che non avevo mai avuto. Sia io che Andrea eravamo figli unici ed entrambi non avevamo più i genitori vicino. Loro erano la nostra famiglia. Tra una portata e l'altra, parlavamo della nuova scuola di Leonardo, dell'organizzazione dei corsi in negozio, ma anche di replicare il nostro concerto, una sera...

«Ragazzi, Stephen e io abbiamo una notizia grandiosa da darvi!» proruppe Katia alzandosi in piedi. Andrea, io e Leonardo restammo con la forchetta e il boccone di torta sospesi sopra il piatto a fissarla. «Sono incinta! Io e Stephen diventeremo genitori!» proseguì tutto d'un fiato.

Dopo un istante di sorpresa, posai la forchetta e mi alzai ad abbracciarla. «Oh, Katia! Sono così contenta per voi!»

«Congratulazioni!» disse Andrea, dando una pacca sulla spalla al futuro papà.

Leonardo, invece, si fece serio e non parve apprendere allegramente la notizia.

«Leo? Che c'è? Non sei felice?» gli domandò Katia.

Il bimbo non rispose e rimase con la testa bassa.

«Ehi, amico! Cosa ti succede?» Stephen chinò il capo per guardare in faccia il compare.

«Non avrai più tempo per me. Non sarai più mio amico» sussurrò finalmente Leonardo.

Stephen gli mise una mano sulla spalla. «Non devi nemmeno pensarlo! Io, per te, ci sarò sempre e resteremo amici! Solo che, anziché combinare guai in due, lo faremo in tre!» Il tono della sua voce era tanto allegro che rubò subito un sorriso al bambino.

«Andiamo bene!» sbuffò Katia, colpendosi la fronte con una mano. «Invece di crescere diventando padre, mi sa che mi ritroverò con *due* bimbi in casa!»

Quella constatazione strappò una risata collettiva, Leonardo compreso.

«Avete già pensato al nome?» chiesi.

«In verità, no» rispose la futura mamma.

«Che idea! Leonardo, spara due nomi! Uno per un maschietto e uno da femminuccia… Bada, però, che non siano particolari o brutti appositamente perché temi che prenda il tuo posto… Non ci provare, sai!» disse Stephen con un sorriso.

«Eccolo là! Ci risiamo con la storia dei nomi, come per la band…» scherzò Katia.

«Guastafeste!» Il suo compagno le fece una linguaccia e lei alzò gli occhi al cielo esasperata dalla sua infantilità.

Leonardo ci pensò qualche minuto. Poi propose: «Se è un bambino, Marco… invece, se è una bimba, Sabrina».

Stephen sorrise a Katia. «Perfetti!»

«E se fossero due maschietti o due femminucce?» Andrea avanzò l'ipotesi in tono scherzoso.

«Se così fosse,» rispose il futuro papà «rimarrebbero orfani di padre fin da subito, perché, alla notizia, mi verrebbe un colpo!»

«*Tre* bambini in casa improvvisamente? Aiuto!» La mia amica si spaventò all'idea.

«Ehi, amore,» la rimproverò scherzosamente il compagno «perché continui a darmi del bambino? Io sono grande!»

«Stephen, giocheremo insieme a fare gli aeroplanini di carta e a lanciarli dalla finestra, vero?» Leonardo cominciava a entrare nell'ottica del cuginetto.

«Certo che sì!» rispose euforico l'amico.

«Ecco perché ti do del bambino...» sospirò la futura mamma.
Stephen la guardò di sottecchi. «Comunque Andrea ha detto bene» le disse. «Mettiamo caso che siano gemelli...»
«Non dirlo manco per scherzo» lo interruppe Katia.
«Mai dire mai! Qui servono ancora due nomi di riserva! Vai, amico!»
«Allora, vediamo...» iniziò a riflettere Leonardo. «Marco, Sabrina e...» Tutti eravamo concentrati su di lui che stava creando suspence con la sua esitazione. «Ci sono! Alessandro ed Emma!»
«Alessandro ed Emma?» ripeté il ragazzo. «Sì, mi piacciono! E bravo il mio collega!»
La sera, a letto, Andrea e io parlammo della novità.
«Sai, Elena, stasera ho provato un pizzico di invidia: avrei voluto essere io a dare la notizia...»
«E cioè? Volevi essere tu il padre del bambino?»
«Non di quello di Katia, ovviamente!» precisò.
«Questo l'avevo capito... Vedrai che prima o poi anche tu potrai dirlo...»
«Lo spero... e il prima possibile.»
Mi strinsi a lui, con la sensazione che sarebbe presto arrivato anche per lui quel momento: avevo un ritardo del ciclo di una quindicina di giorni e, alla prima occasione in cui sarei uscita sola, avevo l'intenzione di recarmi in farmacia per acquistare un test di gravidanza. Volevo avere la certezza, prima di dare la notizia in casa e creare, magari, false speranze.
La sera successiva, al suo rientro dal lavoro, dissi ad Andrea che dovevo passare da Katia per una mezz'oretta in modo tale da organizzare il mio lavoro nel negozio nei giorni seguenti, dato che Stephen e Leonardo sarebbero stati impegnati ad adeguare il magazzino in vista dell'inizio dei corsi.
«Possiamo accompagnarti» propose mio marito.
«Preferisco fare un giro in bicicletta... Voi, per favore, cominciate ad apparecchiare la tavola in mia assenza e mettete sul

gas la pentola con l'acqua per i ravioli, così, quando sarò di ritorno, dovrò solo farli cuocere.»

Gli diedi un bacio, passai a salutare Leonardo che stava facendo un gran disegno di un prato per abbellire il magazzino e uscii.

Raggiunsi il centro percorrendo la pista ciclabile, la stessa di quella sera in cui Andrea mi diede un passaggio… Durante il tragitto, ripensai a quel momento e a tutte le cose accadute in seguito… La mia vita era cambiata radicalmente da quando Andrea era entrato nella mia vita. Ero cresciuta. Ero diventata donna. Mentre ero assorta nei miei pensieri, mi sentii chiamare. Mi voltai. Era Laura.

«Elena, sei davvero tu? Quanti mesi! Stai bene?»

Rimasi stupita del fatto che rivedere colei che era stata la mia migliore amica non mi regalasse nessuna emozione.

Non ero una persona vendicativa, ma sicuramente non potevo dimenticare il suo comportamento né quello di suo fratello. Mi ero sentita tradita e, quando qualcuno mi faceva provare quelle sensazioni, solitamente con me aveva chiuso: non davo la mia fiducia una seconda volta a chi l'aveva persa.

«Sto bene, grazie» replicai fredda.

«Ancora arrabbiata?»

Non risposi.

«Ho saputo che ti sei sposata.»

«Già.»

«Non ti va un caffè?»

«Scusa, Laura, ma sono di fretta.»

«Fabio non ha cambiato idea…»

Mi sentii avvampare dalla rabbia.

«Hai saputo che mi sono sposata e non trovi di meglio da dirmi che tuo fratello è ancora innamorato di me? Ma che razza di donna sei?»

«Dai, Elena! Hai sposato un uomo più vecchio e con un figlio con problemi… È perché ti sono amica che non perdo occasione di tentare di aprirti gli occhi... Fabio e io siamo disposti a perdonarti...»

«Voi due *cosa*?» urlai. «*Mi perdonate*? Ma ti rendi conto di ciò che dici? E poi Leonardo non ha problemi! È un bambino come tutti gli altri... e... sbaglio o eri tu che, al tuo primo incontro al bar con Andrea, sbavavi e andavi ripetendomi che era bellissimo? Ricordo forse male?»

«Se fossimo cognate, potremmo vederci più spesso...»

«Non ci tengo proprio a vederti più spesso, Laura! Anzi, preferirei non incontrarti mai più!»

Le diedi le spalle e mi allontanai in fretta.

Raggiunsi la farmacia, cercando di non pensare più a quell'incontro. Mentre aspettavo il mio turno, mi sorpresi a guardare pannolini, creme, bagnoschiuma per neonati... Ero già mamma di Leonardo, ma mi accorsi, come era stato per mio marito, che mi mancava non aver potuto prendermi cura di lui fin dalla nascita... Sperai con tutto il cuore che il ritardo del ciclo fosse il segnale di una gravidanza. Comprai il test e lo nascosi in fondo alla borsa, poi passai dal negozio, come previsto.

Da quando aveva saputo del bambino, Katia sembrava ancora più bella del solito: era radiosa e una luce nuova brillava nei suoi grandi occhi neri. Vederla così contenta rendeva felice anche me.

Mi fermai qualche minuto al vivaio e poi ripresi la via del ritorno: i miei due uomini mi aspettavano con la cena già pronta, così mi aveva scritto Andrea.

Dopo aver mangiato, andai a fare la doccia e, chiusa in bagno, decisi di eseguire anche il test. Quei pochi minuti d'attesa per vedere quante lineette apparissero sul piccolo schermo, mi parvero un'eternità! Osservavo quella sorta di termometro con speranza e ansia. Finalmente apparve la prima linea. Per essere positivo, avrebbe dovuto comparirne una seconda. E, pochi secondi dopo, eccola!

"Due lineette! Aspetto un bambino!" pensai, incredula e al settimo cielo.

Stavo per mettermi a urlare dalla gioia, ma mi trattenni: non potevo correre il rischio che mi sentissero Andrea e Leonardo. Volevo trovare un modo carino e speciale per dar loro la notizia.

Arrivata in salotto, nonostante tentassi di comportarmi come al solito, i due notarono la mia euforia.

«È la doccia, amore, che ti ha resa così felice o è la meraviglia di ritrovarci ancora qui svegli, dopo tutto il tempo che ci hai impiegato a farla?»

«Non è nulla...» mentii.

«Elena, forse non ti sei accorta che hai un sorriso che va da un orecchio all'altro...»

«Sul serio, non ho nulla» ripetei, cercando di essere più convincente.

Leonardo mi guardava con la testa piegata da un lato. «Mi ricordi Katia l'ultima volta che è stata qui a cena...» constatò dopo qualche minuto.

Andrea, che stava guardando il figlio, spostò lentamente lo sguardo su di me. Mi fissava con un'espressione strana, un misto tra sospetto e desiderio di sapere.

«È così?» domandò.

«Ho indovinato?» gli fece eco il piccolo.

Non riuscii a trattenermi oltre. Scoppiai a ridere e piangere contemporaneamente e annuii, perché le parole mi si fermarono in gola.

Andrea scattò in piedi e mi corse incontro. Poi mi mise le mani alla vita.

«È vero, Elena? Sei incinta?» chiese ancora, visibilmente commosso.

Annuii una seconda volta.

«Sì!» gridò, sollevandomi da terra e baciandomi. Poi, rimettendomi a terra, mi abbracciò. «Sapessi, Elena, quanto sono felice! Credo di essere l'uomo più contento sulla faccia della terra!»

Quando mi liberò da quell'abbraccio colmo d'amore, mi fissò con occhi che brillavano di gioia. Avrei voluto che il tempo si fermasse, per congelare quell'istante per sempre... Invece mi ricordai la reazione di Leonardo alla notizia di Katia e Stephen, così mi voltai a guardarlo: ammutolito, aveva assunto la stessa espressione di allora.

«Ehi, tu!» dissi in tono scherzoso. Lui alzò subito la testa. «Non mettere ancora il broncio, sai!» Mi avvicinai e mi inginocchiai davanti a lui. «L'arrivo del tuo fratellino o della tua sorellina non cambierà nulla: ti vorrò sempre bene e ti amerò come ti amo ora... Anzi,» sorrisi «di più! Perché conto su di te per darmi una mano quando il papà sarà al lavoro! Lo farai giocare, gli leggerai un libro, gli canterai la ninnananna, lo porterai in giro sulla tua sedia a rotelle e spingerai il passeggino quando avrai la protesi! Non cercare di sottrarti ai tuoi doveri di fratello maggiore con la scusa della gelosia, eh! Perché sappi che con me non attacca!» scherzai.

«Ma lui sarà il tuo vero bambino...»

«Perché, tu chi sei?»

«Lui ce l'hai in pancia, io ero già grande quando mi hai conosciuto...»

«E con ciò? Non cambia niente! Tu sei mio figlio come lo sarà il bimbo che nascerà. Per me, non c'è alcuna differenza. Siete entrambi i miei bambini!»

«Dici così, ma...»

«Niente *ma*. Dico davvero. Ti ho conosciuto che eri già grande, lo riconosco, ma ti assicuro che ti ho amato fin dal primo istante! Non sarò una mamma perfetta, ma ti voglio un immenso bene e nessuno lo cambierà!»

«Davvero?»

«Puoi scommetterci!»

«Mamma...»

«Dimmi.»

«Tu *sei* una mamma perfetta! La *mia* mamma.»

Scoppiai in lacrime e lo presi tra le braccia.

«Leonardo,» si aggiunse Andrea «adesso dovrai scegliere altri due nomi… Anzi, fai quattro!» scherzò.

Il bambino ci guardò sorridendo. «Posso pensarci un attimino?»

«Puoi pensarci per qualche mese. Hai tutto il tempo! E ora… gelato?» proposi. «Bisogna festeggiare!»

«Ma sono le undici passate! Io speravo di andare a letto!» protestò Andrea.

«Ma va là, *nonnino*!» Feci l'occhiolino a Leonardo.

«Ok, vada per il gelato» disse mio marito rassegnato. «Ma poco, così lo finiamo prima e poi andiamo a nanna.»

Andai in cucina e preparai tre scodelle di gelato con sopra la panna montata e vi aggiunsi un paio di cuoricini di cialda ciascuno. Tornai in salotto e gustammo tutti e tre il nostro dolce, guardando un film d'animazione (solo l'inizio, vista l'ora tarda).

«Potrò mai scegliere io un film da guardare?» domandò Andrea che non amava particolarmente i cartoni.

«Temo che passerà ancora molto tempo prima che tu possa decidere… Tra un po' saremo tre contro uno, nella votazione…» scherzai.

Leonardo si girò e, rivolto al papà, aggiunse ridacchiando: «Ben ti sta!».

«Sai che ancora non ci credo?» mi disse Andrea, a letto. «Mi hai reso l'uomo più felice del mondo da quando sei entrata nella mia vita. Un bimbo da vedere nascere, da cullare… Un figlio davvero mio!»

Pur conoscendo il profondo bene che Andrea nutriva per Leonardo, comprendevo benissimo le sue parole: capivo che non era riuscito a fare le cose che ogni neopapà vorrebbe vivere. Aveva avuto una umanità e una sensibilità veramente grandi, accogliendo nella vita un bambino, pur di non abbandonarlo a un destino crudele, ma probabilmente all'inizio non aveva avvertito quel senso di paternità che si prova durante l'attesa di un figlio: quello, era normale, era arrivato col tempo e la conoscenza reciproca. Inoltre, sospettavo anche che gli pesasse l'esame del DNA, che aveva confermato che biologicamente non era lui il padre di Leonardo.

«Un tempo, se mi avessero chiesto se preferissi avere un maschietto o una femminuccia, avrei detto una femminuccia… So che molti uomini direbbero il contrario per portare avanti il cognome, ma a me non importa nulla di tutto questo: credo che le bambine siano più affezionate al papà. Dopo l'arrivo di Leonardo, però, ho capito che non ha importanza il sesso, conta solamente che sia sano. So che potrò sembrare cattivo, ma coloro che hanno problemi in questo mondo devono lottare di più, non solo per le loro difficoltà o la malattia, ma anche per colpa dei pregiudizi, della società e dell'ignoranza!»

Come dargli torto? Avevamo provato sulla nostra pelle le battaglie per i diritti che dovrebbero essere scontati per qualsiasi bimbo e avevamo, invece, conosciuto l'arroganza, falsità e ipocrisia di coloro che dovevano garantirli.

La vita toglie, ma fortunatamente offre anche tanto e aveva messo sul nostro cammino persone speciali come Katia, Stephen, il signor Rinaldi, Paolo, i bambini del centro sportivo e le persone che avevano deciso di partecipare al corso in negozio.

"Sì," pensai "nelle avversità siamo stati comunque fortunati e nella nostra battaglia non siamo stati lasciati del tutto soli."

«Andrea, ti amo!» sussurrai.

«Anche io, mia piccola strega.»

L'indomani, nel pomeriggio, avevamo fissato una visita in ospedale per valutare se e quando fosse possibile applicare una protesi all'arto di Leonardo.

Il colloquio andò per il meglio e ci venne promesso che, passata l'estate, saremmo stati contattati dal medico per l'intervento. Non ci venne nascosto che, all'inizio, sarebbe stato alquanto doloroso, ma anche che, col tempo e l'esercizio, il male sarebbe via via diminuito fino a sparire completamente. Il corpo doveva accettare una condizione nuova e adeguarsi a essa, per cui era normale provare dolore nella fase post operatoria, ma con la fisioterapia, l'impegno e la volontà tutto si sarebbe sistemato.

Leonardo ascoltava attentamente quanto il medico stava spiegando e, quando, alla fine, gli chiese se fosse davvero intenzionato a ricorrere a una protesi, lui rispose convinto: «Sì».

Tornando a casa, ci fermammo in una pizzeria. Il nostro bambino, come sempre quando c'era qualche novità nell'aria, non smetteva un secondo di parlare. Era bello sentire la sua grinta e determinazione nell'affrontare le nuove sfide che gli si ponevano dinnanzi.

Tutto d'un tratto, però, notai Andrea sbiancare in viso e assumere un'espressione tra l'incredulità, la preoccupazione e lo sdegno. Non ne capivo la ragione. Guardai nella direzione del suo sguardo e vidi una donna dai capelli biondi e la carnagione molto chiara che ci fissava.

«Elena, per favore, puoi andare in auto con Leonardo, mentre vado a pagare?» mi chiese Andrea con un certo nervosismo nella voce.

Non feci domande. Intuii che non era il momento. Spinsi la sedia a rotelle verso l'uscita, stando ben attenta che Leonardo non vedesse la donna. Qualcosa mi diceva che dovevo proteggerlo da lei. Non mi ci volle molto a collegare la reazione di Andrea all'eventualità che quella potesse essere la vera madre di nostro figlio.

Una volta a casa, aiutato Leonardo a infilare il pigiama e rimboccategli le coperte, raggiunsi mio marito in salotto e, finalmente, chiesi una spiegazione.

«Era Alina» mi rispose, confermando i miei sospetti.

«Perché è qui?»

«Non ne ho idea, ma non mi piace affatto questo suo improvviso ritorno.»

«Non le hai parlato in pizzeria?»

«No, mentre andavo a pagare l'ha raggiunta un uomo e non mi ha più prestato attenzione.»

«Magari è tornata per quell'uomo…»

«Ne dubito, ma lo spero!»

In quel preciso istante, squillò il suo cellulare. Controllò lo schermo. Era lei.

Andrea fece per rispondere, ma io lo fermai. «Aspetta! Non so cosa voglia, ma forse è più saggio registrare la chiamata con il mio cellulare.» Lo estrassi in fretta dalla tasca. «Vai! Rispondi!»

«Andrea, come va?» esordì lei.

«Cosa vuoi, Alina?»

«Che accoglienza calorosa…» ironizzò la donna.

«Non puoi aspettarti diversamente, dopotutto… Che cosa vuoi?»

«Riprendere Leonardo con me.»

«Mai. Hai rinunciato a lui tanti anni fa.»

«Il mio permesso di soggiorno sta per scadere e, non avendo attualmente un lavoro fisso, rischio di dover lasciare il Paese. Mi hanno detto che se si ha un figlio minorenne nato qui da un uomo del posto, ho diritto a rimanere. Inoltre, ho saputo che mi spetterebbe del denaro per l'accompagnamento di un disabile… Con lui con me, potrei farne domanda…»

«Ma non ti vergogni? Non hai un briciolo di umanità e amore materno?»

«Suvvia, non essere tanto duro! Non sono poi così insensibile… Se vuoi, posso farne a meno per una somma ragionevole…»

«Quando lo hai portato qui, hai firmato una carta che diceva che rinunciavi definitivamente a lui e lo affidavi a me. Per sempre… L'hai scordato?»

«Ma quale giudice resterebbe indifferente davanti al dolore di una madre che aveva lasciato il proprio figlio per il suo bene, perché non poteva accudirlo? Noi donne sappiamo essere grandi attrici quando serve…»

«Tu non sei una donna! Cosa dirà il giudice quando saprà quello che hai appena detto?»

«Non potrà saperlo…» Rise. «È la tua parola contro la mia… » Si zittì, quando sentì che anche Andrea, dall'altro capo del telefono, rideva. «Ma cosa…»

«Ho registrato la chiamata, Alina, e ora girerò immediatamente l'audio al mio avvocato e a un mio amico di vecchia data che lavora per la polizia. Credo proprio che non solo tu non avrai *mio* figlio e non vedrai un soldo, ma dovrai anche rispondere di tentata estorsione e ricatto… Sospetto verrai rispedita al Paese da cui provieni in pochi giorni. E ora ti saluto.»

Andrea riattaccò e fece come detto.

«Credo di doverti ringraziare, Elena. Io non avrei mai avuto la tua idea.»

Lo abbracciai.

«Come si può essere tanto meschine e malvagie? Quella donna non ha cuore!» aggiunse.

«Sei sicuro che non tornerà, vero?» chiesi preoccupata.

«Sicuro. Per lei è in arrivo un decreto di espulsione dal nostro Paese… Tre anni fa, quando mi aveva assistito per l'adozione di Leonardo, il mio avvocato mi aveva informato che già allora, per altri reati, Alina non avrebbe dovuto essere sul suolo italiano. Dopo questa chiamata, credo proprio che chi di dovere si assicurerà che prenda il primo volo diretto al suo Paese… Fortunatamente, Leonardo è al sicuro. Non oso immaginare che vita sarebbe stata la sua, se l'avessi lasciato con quella persona!»

Non potevo che condividere la sua riflessione: accogliendolo,

Andrea gli aveva risparmiato ulteriori dolori, oltre a quello dell'incidente, e una vita priva di amore.

Andrea mi abbracciò e mi accarezzò la pancia. «Questo bambino e Leonardo sono fortunati ad avere te come mamma!»

«E te come papà...» precisai io.

La mattina seguente, a colazione. «Cheyenne e Jennifer se sono bambine, Kevin e Simone se sono maschi!» annunciò Leonardo con allegria.

«Wow! Direi che sono bellissimi tutti e quattro!» approvai.

«Cheyenne dove l'hai sentito?» domandò perplesso il padre.

«Una ragazza iscritta al corso in negozio si chiama così e a me è piaciuto subito» spiegò il piccolo.

«Sì, in effetti è un nome insolito ma meraviglioso!» riconobbe Andrea.

«Perfetto! Allora è deciso!»

Leonardo addentò di buon grado la brioche e bevve subito un sorso di latte caldo.

Guardavo la mia famiglia. Il mio mondo. Ero soddisfatta. Ero semplicemente felice.

FINE

RINGRAZIAMENTI

Vorrei ringraziare le persone che hanno sempre creduto in me e tutti coloro che troveranno il tempo e la voglia di leggere questo mio scritto.

Voglio, inoltre, ringraziare il mio editore Dario Bellini per l'immancabile gentilezza e sensibilità che in ogni occasione mi manifesta e per avermi informata del concorso dedicato ad Andrea Torresano.

Non posso non essere grata anche al mio Viaggiatore, Marco Golia, e ad Andrea Galli per la loro costante e sincera amicizia e per la loro immancabile vicinanza nella lontananza. Vi voglio bene, ragazzi!

Infine, il mio grazie più grande va a mio figlio Marco, per il consueto aiuto prestatomi nell'invio dei miei libri da valutare alla casa editrice.

Indice

 Gilgamesh Edizioni

ENKI – Collana di Saggistica

Riccardo Gobbi, *Dal circolo vizioso al circolo virtuoso*
Corinna Tania Gallori, *Il Monogramma dei Nomi di Gesù e Maria*
Rino Cammilleri, *Il Kattolico 3*
Roberta Lugoli, *La Mente Cosmica – Una metafisica del pensiero*
Riccardo Gobbi, *Memoria e conferme su Dio e sulla fede*
Fausto Bertolini, *Gesù e il Super-Io*
Michele Garini, *MESSA così è tutta un'altra cosa – Rito, esperienze, suggestioni*
Francesco Burlini, *Eresie ambientaliste*
Fabio Terraroli, *Leggende di Lonato*
Giorgio Pavesi, *Leone de' Sommi hebreo e il teatro della modernità*
Christian Monti, *Viaggio critico nel Mistero – tra Cattedrali gotiche, Templari e Massoneria*
AA. VV., *La Cattedrale di Asola*
Lidia Gallico, *Una bambina in fuga – Diari e lettere di una ebrea mantovana al tempo della Shoah*
Fausto Bertolini, *E se Dio non ci fosse?*
Alberto Zanoni, *I temi della vita tra Sacra Bibbia e miti*
Carlo Salvoni, *La Fonte*
Dante Chizzini, *Luci e ombre nei rapporti tra Viadana e Mantova – dalle Additiones agli Statuti (1430/1724)*
Marianna Maiorino, *Il canto dell'arcobaleno: La sinestesia*
Fabrizio Tassi, *Come il volo lontano degli uccelli nella pace della sera – Mistica domestica* di Fabrizio Tassi
Ferrante Bandera, *Diario di una breve stagione*
Sara Ascoli, *Cenerentola: L'inganno, l'anima e il Sang Real*
Mario Cattafesta, *Come bevevano gli antichi*
Lamberto Gherpelli, *Parma – I segreti e gli amori di una capitale*
Cesare Pirozzi, *Il segreto di Dante*
Michele Garini, *Arte e catechesi*

Emilio Reghenzi, *San Giuseppe – La vita nello spirito dello sposo di Maria*
Giuseppina Tratta – Susanna Migliorati, *Enneagramma in corso – Lezioni semplici per saggi principianti e nevrotici esperti*
Cesare Pirozzi, *La natura delle cose – Ciò che Platone sapeva ed Einstein non riuscì mai a capire*
Maurizio Uggeri, *Il bracciante che voleva la luna*
Roberta Lugoli, *Tecniche di comunicazione efficace e PNL - Tra persuasione e manipolazione*
Franca Fassio e Anna Trombetta, *Pillole di salute - Ovvero consigli per un'alimentazione e uno stile di vita sani e consapevoli*
Tullio Banni, *Il mugnaio alla Grande Guerra*
Arthur Fowler, *Verso una visione unitaria della realtà - Strutture complesse e isomorfismi*

NIDABA – Collana di Filosofia

Luca Cremonesi, *La filosofia della natura nel* De incantationibus *di Pietro Pomponazzi*
Ivan Pozzoni (a cura di), *Frammenti di cultura del Novecento – Nietzsche, Vailati, Simmel, Schlick, Arendt, Zubiri, Bateson, Dell'Oro, Warburg, Dávila, Garin, Melandri raccontati da dodici filosofi contemporanei*
Primavera Fisogni, *Ontologia della speranza*

ANUNNAKI – Collana di Narrativa

Daniele Vazquez, *La comunità dei sogni*
Fausto Bertolini, *Telebordello – Storie da far rizzare l'antenna*
Maurizio Ferrante Gonzaga, *Assalto al castello*
Mariarosaria Capaccio, *Il mare all'improvviso*
Luigi Schifitto, *L'uomo con lo zainetto*
Mauro Acquaroni, *Piccioni*
Carolina Giorgi, *La rosa di Ledmore Vale*
Anna Viale, *La camera celeste*
Ana Kramar, *Il ritorno – Storie migrabonde*

Chiara Donà, *In ognuno di noi*

Erminio Giavini, *Con un capello biondo si può vincere il premio Nobel*

Alessia Moneta, *Dagli occhi di Alice*

Antonella Presutti, *Nevica poco e male*

Alberto Sogliani, *Una squadra lunga dieci anni*

Florino Rubiano Fila, *Di veleno e di sogno*

Luca Bonaffini, *Eterni secondi*

Mauro Acquaroni, *L'Utile – à la recherche de –*

Emiliano Caiani, *Criminose illusioni – Delitti e destini –*

Luca Pipitone, *Papao*

Pierangela Rubes, *Donne in silenzio*

Augusto Bolther, *I racconti del sabato*

Marisa Gianotti, *La collana di Miràm*

Ruco Magnoli, *Sharon scia*

Ruco Magnoli, *Sharon protegge*

Luigi Schifitto, *Delitti di stagione*

Ruco Magnoli, *Sharon studia*

Lidia Masci, *Le ali di Alì*

Ruco Magnoli, *Sharon alleva*

Ruco Magnoli, *Sharon balnea*

Ruco Magnoli, *Sharon villeggia*

Ana Danca, *Patrie interiori*

Eliana Fusai, *Il tempo dell'anima*

Luca Ragazzini, *Le misturanze – Dormiveglia irlandese*

Nadia Bellini, *Un cancello a chiudere il vento*

Silvia Peroni, *Gatti, Stregatti e Aristogatti*

Sergio Rossi, *Una questione di naso*

Ruco Magnoli, *Sharon ritorna*

Ruco Magnoli, *Sharon suona*

Alessandro Gianesini, *La brigata della speranza*

Monica Ferraioli, *Cenerentola oggi calzerebbe il 41*

Guendalina Bosio, *Destinazione felicità*

Luca "Splash" Guarneri, *Sigla*

Maristella Bonomo, *Navel*

Fausto Bertolini, *Giulietta deve morire*

Riccardo Bassi, *Sognando Bologna*

Roberto Tondi, *Sulle ali*

Alberto Costantini, *La donna del tribuno - L'avvincente storia di una donna ai confini dell'Impero Romano* di Alberto Costantini

Paola Azzoni, *La Piccola*

Jennifer Hamilton, *L'ultima ninfa*

Gabriella Paola Zurli, *La maison qui touche aux bois*

Luigi Randaccio, *I quesiti di novizio Calabrone*

Claudia Melegari, *Di visione*

Claudia Mereu, *Il mondo a culo in susu – Quando l'amore non ti lascia morire in pace*

Ruco Magnoli, *Sharon rifiuta*

Ruco Magnoli, *Sharon esorcizza*

Claudio Fraccari, *Le spine della rosa – Commedia breve in prosa*

Francesca Bonetti, *Un mare d'amore*

Vivien Zinesi, *Sogni di carta*

Fabio Giagnoni, *Infernorama*

Fausto Bertolini, *Negli occhi delle donne – Vita sentimentale di Cartesio*

Ana Danca, *La voce del silenzio*

Maria Beatrice Bandera, *Banda bandera*

Antonino Moschella, *Il sarto di Zeus*

Emilio Salgari, *Il corsaro nero*

Fabrizio Ferloni, *Il mare di Cristobal*

Stefano Iori, *I semi dell'incanto. Racconti 1972 – 2020*

Massimo Petrilli, *Io sono colui che sono*

Michela Guindani, *Come un campo di papaveri*

Massimo Baraldi, *Nagottville*

Alberto Costantini, *Donne ai confini dell'Impero*

Alessandro Gianesini, *Relazioni pericolose – Amori e altri disastri*

Marcello Tarozzi, *Le città dei sogni – Racconti del nostro tempo*

Vittorio Cicirata, *I tre demoni*

Giulia Elisabetta Bianchi, *Vite traverse*

Fausto Bertolini, *L'ultimo amore di Casanova*

Francesco Torreggiani, *Sentenze mortali*

Maria Renata Sasso, *I miei Balcani*

Anna Bertuccio, *L'isola delle donne volanti*

Antonio Badolato, *Quirinale: operazione Ultima spes*

Marcella Guidoni, *Il cammino delle oche selvatiche*
Cristina Danielis, *Nostalgia degli incontri*
Stefano Montruccoli, *L'ultimo assolo*
Emanuele Gualerzi, *Le false verità*
Alberto Costantini, *La schiava dei libri*
Franco Brighi, *Le parole sospese*
Luigi Guicciardi, *I segreti non riposano in pace*
Giulia Deon, *Vladimir Korsakov*
Sergio Rossi, *Le donne del lago*
Myriam Mantegazza, *La verità dell'agave*
Stefania Miotto, *La preda*
Andrea Del Ponte, *Il professore e la strega*
Silvia Peroni, *Riparto da qui*
Marisa Gianotti, *La ragazza con i libri in testa*
Gwenliam Starwild, *Maudite*
Riccardo Pozzi, *Nel centro della pianura*
Alberto Costantini, *L'ultima amazzone*
Alice Cesarini, *Ludwig*
Irene Rossi, *Delitti imperfetti*
Eugenio Mealli, *Nemico globale*
Mauro Acquaroni, *Morte presunta di un notaio*
Daniele Vazquez, *Tutti i bravi bambini vanno in paradiso*
Luigi Schifitto, *Una persona scorretta*
Fausto Bertolini, *Il giallo del giallo*
Laura Medei, *La goccia*
Alberto Costantini, *Oltre l'ultimo limes*
Michela Guindani, *La casa che respirava ancora*
Paola Sbardaba Ferrari, *Il casolare sull'aia*
Ana Danca, *I cinque punti cardinali*
Alessio Bussi, *L'ordine*
Corrado Grossi, *Mai più nessuno come noi*
Cornelia Campidelli, *Lettere da un'anima*
Barbara Perini, *L'amore è la via*
Lorena Marenzi, *Prima o poi un libro lo scrivo*
Alberto Costantini, *Attila, il Principe delle Lucertole*
Giorgio Montanari, *La ragazza che parlava alle api*

Angelo Lamberti, *I laghi di Mantova*
Marco Minicangeli, *Le ali di cera*
Luigi Guicciardi, *Tre storie di sangue - La nuova indagine del commissario Laudani*
Silvia Peroni, *Uomini smarriti*
Angel Luìs Galzerano, *Isole comprese*
Elena Bertocchi, *Fidati di me*
Simone Bonomelli, *Nelle terre dei risorti*
Fausto Bertolini, *Il giocoliere e la rosa – Vita erotica di Gabriele D'Annunzio*
Alberto Costantini, *Le quattro morti di Postumia Sabina*
Anna Zucchi, *Un freezer pieno di colli di tacchino*
Elisabetta Baraldi, *Le stagioni di Teresa*
Enzo Riccò, *Il dodicesimo padre*
Paola Sbarbada Ferrari, *L'oblio nei tuoi occhi*
Ruco Magnoli, *Sharon ispeziona*
Ruco Magnoli, *Sharon soccorre*
Ruco Magnoli, *Sharon europeizza*
Ruco Magnoli, *Sharon riposa*
Ruco Magnoli, *Sharon evoca*
Ruco Magnoli, *Sharon filosofeggia*
Ruco Magnoli, *Sharon parcheggia*
Alessandro Martellini, *La vela bianca*
Luca Gambardella, *Segni particolari: tatuaggio con una stella a 5 punte sul polso sinistro*
Elena Bertocchi, *Il dolce profumo della pioggia*
Paolo M. Durante, *Tornanti*
Emanuela Rastrelli, *Sulla rotta della Queen's Anne Revenge*

GEŠTINANNA – Narrativa classica

Italo Svevo, *L'assassinio di via Belpoggio*
Augusto De Angelis, *Sei donne e un libro*
Carolina Invernizio, *I misteri delle soffitte*
Giulio Piccini (Jarro), *L'assassinio nel vicolo della luna*

Edgar Wallace, *La porta dalle sette chiavi*
Marie Adelaide Belloc Lowndes, *La dama di compagnia*
Cesare Pavese, *La bella estate*
Augusto De Angelis, *Il canotto insanguinato*
Oscar Wilde, *Il ritratto di Dorian Gray*
Luigi Pirandello, *Uno, nessuno e centomila*
Augusto De Angelis, *Il banchiere assassinato*
Edward Phillips Oppenheim, *Tradimento*
Herman Melville, *Moby Dick*
Jules Verne, *Ventimila leghe sotto i mari*
Italo Svevo, *La coscienza di Svevo*
Francesco Jovine, *Le terre del sacramento*
Peter Cheyney, *Pericolo pubblico*
Henry De Vere Stacpoole, *La paura che uccide*
Silvio D'Arzo, *Casa d'altri*
Edward Phillips Oppenheim, *L'ombra del delitto*
Jean d'Agraives, *Lo stregone del mare*
Alfredo Pitta, *La dama verde*

ARALLU – Collana Eterodossa

Fabio Segala, *Tranquillitudine – Tranquille inquietudini oniriche*
Francesco Torreggiani, *Burn City – L'ospite indesiderato*
Fabio Segala, *Dopo un paio di squilli*
Francesco Torreggiani, *Burn City – Lo spettro assassino*

ISHTAR – Collana di Poesia

Ana Kramar, *Il passaggio fra le mani*
Ivana Magri, *Echi d'anima*
Augusto Bolther, *Labirinti di luce*
Andrea Garbin, *Croce del Sud*
Giulia Deon, *Piccolo Bestiaire*
Paolo Savani, *La ricerca dell'aria dalla A alla Z*

Giulia Deon, *Omaggio naturale*
Monica Palma, *Senza fini di logos*
Carlo De Raffaele, *Luci notturne*
Giulia Deon, *Poesie a regola d'arte*
Carlo Sturani, *suonoSettenari*
Emidio Montini, *I Vecchi di Colono*
Andrea Garbin, *Genesi dei sensi*
Floriano Rubiano Fila, *L'osteria del tempo che passa*
Emidio Montini, *Cronache dalla macchia*
Giulia Deon, *Variazione sui temi*
Carlo Sturani, *Cometa – Uno sguardo sul mondo*
Lina Luraschi, *Scucita voce*
Luca De Risi, *L'acqua bassa delle rive*
AA. VV., *Antologia Premio Naz. di Poesia Terre di Virgilio 2015*
Gianluca Moro, *I poeti non sanno scrivere*
Massimo Padua, *Con pelle di spine*
Manuel Paolino, *Carmina Lapidea*
Giorgio Bolla, *La quintessenza del gioco*
Lara Lorenzini, *In rebus*
Emidio Montini, *Il tempo e le maree*
Nadia Alberici, *Terre incolte*
Lilli Sanna, *Foglie d'ortica*
Alessandra Chiavegatti, *Dietro agli occhi in fondo all'anima*
AA. VV., *Antologia Premio Naz. di Poesia Terre di Virgilio 2016*
Gabriella Montanari, *Si chiude da sé*
Giorgio Corvi, *Antologia*
Emidio Montini, *Nostalgia del padre*
Massimo Novaga, *Sguardo sul nuovo mondo*
Maurizio Salva, *Così*
Massimo Padua, *Il contrario della meteora*
Mattia Venturini, *Il teatro delle attese*
Carlo Sturani, *Alci*
Simonetta Fantoni, *Ricreazione*
Marjio Durmishi, *Aral*
Anna Vercesi, *Mi t'aspet chi*
Anna Vercesi, *Trasparendo*

AA. VV., *Poesia – La vertigine della bellezza*

AA. VV., *Antologia Premio Naz. di Poesia Terre di Virgilio 2017*

Floriano Rubiano Fila, *La ballata di via degli Orti e altre anomalie*

Maurizio Maffezzoni, *Passione di un arrogante innocente*

Ruggero Campagnoli, *Sonetti da tavola I. Per Liana* (nuova versione)

Ruggero Campagnoli, *Sonetti da tavola VIII. Per Sara*

Ruggero Campagnoli, *Sonetti da tavola IX. Per Tessa*

Laura Coghi, *La dolce amazzone giapponese e il giardiniere della piccola bellezza*

Emanuela Dalla Libera, *Lo sguardo altrove*

Paolo Bartalini, *Piccola corrispondenza fuori sacco*

Domenico Perigni, *Orlando Magno e la testa tagliata*

Simone De Bernardin, *Porpora e amaranto*

AA. VV., *Young Poetry*

AA. VV., *Antologia Premio Naz. di Poesia Terre di Virgilio 2018*

Claudio Fraccari, *Nittalopìa*

Marilucia Dui, *Briciole sparse*

Rodolfo Vettorello, *Rondini a Milano*

Andrew S. Marini, *Il visitatore*

Angelo Lamberti, *Poesie con il fiato corto*

Giulia Deon, *Inedito ritorno*

Ruggero Campagnoli, *Sonetti da tavola X. Per Ubalda*

Ermanno Prandini, *Al di là della porta*

AA. VV., *Young Poetry 2019*

AA. VV., *Antologia Premio Naz. di Poesia Terre di Virgilio 2019*

Enrico Ratti, *Blasfemie*

Alberto Cappi, *Mamanto – Poesie per una città / La città dei poeti – Poesie per un poeta*

Angela Cresta, *Curriculum*

Mariangiola Mangiagalli, *Viaggio tra poesia e realtà*

Luca Bertuzzi, *Carta in tavola*

Carlo Sturani, *Cavalieri*

Stefano Prandini, *Il sale della terra*

Lina Luraschi, *Di pari passo*

Paolo Breviglieri, *Lodi e altri incanti*

Santo Atanasio, *Frammenti di un sogno d'estate e altri versi*

Rosa Pierno, *Istoriato*
Alberto Costo Lucco, *Piazza Libertà*
Francesco Chinaglia, *Sonata per soli notturni*
AA. VV., *Antologia Premio Naz. di Poesia Terre di Virgilio 2020*
Dalila Mancusi, *Stagione d'amore*
Elisabetta Salemi, *L'ultima lacrima del fiume Simeto*
Elisabetta Salemi, *Il silenzio di un fiume*
Fenissa Holden, *Medea era una fanciulla*
AA. VV., *Young Poetry 2020*
Roberto Tondi, *Poesie sul cielo e sulla terra*
Umberto Bellintani, *La mia pianura vasta e sonora*
Maria Ernani, *Oltre*
Silvia Favaretto, *La notte dei corpi*
Emanuela Dalla Libera, *ἡσυχία – Sedimentare il tempo*
Angelo Lamberti, *Poesie in italianese*
Giulia Deon, *Cento sonetti d'amore (in versi liberi)*
Floriano Rubiano Fila, *Il raccoglitore di sogni*
Ruggero Campagnoli, *Sonetti da tavola XI. Per Vanda*
Santo Atanasio, *Versi di un anno (in grigio e in verde)*
AA. VV., *Antologia Premio Naz. di Poesia Terre di Virgilio 2021*
AA. VV., *Young Poetry 2021*
Carlo Sturani, *Finis terrae*
Roberto Tondi, *Briciole e La notte dei sogni*
Barbara Pizzi, *Le mie poesie (1981 – 2021)*
AA. VV., *Poesia e filosofia. I domini contesi*
Guerrino Sacchella, *Penser de gnaro*
Rosana Crispim da Costa, *Niente mi impedisce di guardare le stelle*
Roberto Tondi, *Les préludes*
AA. VV., *Antologia Premio Naz. di Poesia Terre di Virgilio 2022*
AA. VV., *Young Poetry 2022*
Santo Atanasio, *Cento poesie nuove e varie*
Nicola Bracchetti, *Litanie dell'altrove*
Alessandra Chiavegatti, *Attraverso e oltre – Paesaggi da un'anima in cammino*
Elena Bertocchi, *Poesie*
Attilio Marocchi, *Raccolta di spighe*

Ilaria Botturi, *365 Passi verso l'anima*
Luciana Bianchera, *Il minuto rotondo*
Laura Righi, *L'èra acsè*
Carlo Sturani, *Tempesta*
Ruggero Campagnoli, *Sonnets de table 0. À Karine*
Mirta Bertic, *Follia*
Ruggero Campagnoli, *Sonetti da tavola XII. Per Zoe*
Marilucia Dui, *Appunti notturni*
Claudio Fraccari, *Festen – Versi d'occasione*
Glauco Ghidini, *Riflessione continua*
Elvira Onorato, *Fiori sotto il gelo*
Grazia Michelucci, *Il tempo del tempo*
Luciana Bianchera, *Quasi il posto, quasi il tempo*

LE ZANZARE – Poesia civile

Nenad Glišić, *Nella pancia della bestia*
Beppe Costa, *La terra (non è) il cielo!*
Ivana Maksić, *La mia paura di essere schiava*
Alejandro Murguía, *Offerte di carta*
Basir Ahang, *Sogni di tregua*
Leyla Patricia Quintana Marxelly, *Questo amore, più forte del tuo silenzio*
Serse Cardellini, *Dell'inutile*
Alessandra Bava, *A rima armata*
Benny Nonasky, *La città delle mosche*
Xanáth Caraza, *Le sillabe del vento*
Valbona Jakova, *Richiamare al bene*
Oksana Stomina, *Lettere non spedite*

COLLANA CORTE DEI POETI

Luciana Bianchera, *L'arte dell'affanno*
AA. VV., *Sandro Penna: Il dolce rumore della vita*
Angelo Lamberti, *Cose da nulla*

POETHREE – Collana di Gemellaggi poetici

1) Andrea Garbin, Rosana Crispim Da Costa, Viorel Boldis – Poetre (një vibrim dallgëzues flatrash – una vibrazione ondeggiante delle ali) – Traduzione e introduzione di Valbona Jakova
2) Valeria Raimondi, Beppe Costa, Jack Hirschman – Poetre II – Traduzione e introduzione di Valbona Jakova

AN – Collana per bambini e ragazzi

Loredana Rossetti, *La principessa del parco*
Silvia Ziliani, Silvia Spagnoli, *Mina, piccola e potente cacciatrice*
Felice Carlo Ferrara, Helga Micari, Chiara Anicito, *Il Regno di Golosonia*
Alunni "Casa dei Bambini", *La ballata di Fortunata*
Milena Ziletti, *Reston, l'unicorno dorato*
Carlo Salvoni, *Cavalletti e cavalli*
Silvia Spagnoli, *Prove di volo*
Hans Christien Andersen, *Il porcellino salvadanaio*
Carlo Salvoni, *Zooinferno*
Carmela Mantegna, *L'Albero di Salomone*
Milena Ziletti, *Reston e il ritorno dei Cronnis*
Milena Ziletti, *Reston e le lacrime del drago*
Antonella Astori, *Orsetto, dove sei?*
Sara Pellucchi, *Contrariolandia*
Annalisa Molaschi, *TVB Benedetta*
Fausto Bertolini, *I Re Magi in bicicletta*
Gioia Luna, *Troverai il coraggio perché sei speciale*
Laura Righi, *Connessione Hacker*
Amelia Squitieri, *Il mondo di Clemilia*
Andrea Banfi, *7 Cappelli – Le avventure di 7*
Giacomo Nodari, *Il Canto di Natale* (versione ridotta e adattata)
Gioia Luna, *Colora e impara a Natale*
Giacomo Nodari, *Storia di un Piccolo Principe* (versione ridotta e adattata)
Margy A., *I sogni diventano realtà?*

VARIA

Mario Bonanno, *La protesta e l'amore – Conversazioni con Luca Bonaffini*
(contiene un Audio CD)
Sara Galli, *Quadretti portoghesi – Con pennellate ebraiche*
Marinella Mazzola, *La semplicità in cucina*
Marco Maffiolini, *L'aqua ca l'ha fai tri tom*
Tina Reghenzi, *Le ricette della nonna Tina*
Rubens Fontanesi, *TempArte – Sentire l'oggi*
Antonio Pizzoni, *Tarek e gli altri*

Sfoglia il nostro **catalogo completo**

inquadrando con il tuo **cellulare**
il **Qr-code** riportato qui sotto

Buona lettura

da **Gilgamesh Edizioni**

www.ingramcontent.com/pod-product-compliance
Lightning Source LLC
Chambersburg PA
CBHW020334160726
47992CB00004B/1843